다피 다운 딜리

Daffy Down Dilly

다피 다운 딜리

서지현 지음

에세이북스

차례

Prologue. **데카르트** ········· 007

Chapter 1. **동쪽 손님** ········· 015

Chapter 2. **꿈의 도둑** ········· 089

Chapter 3. **네메톤** ········· 151

Chapter 4. **꿈** ········· 213

『다피 다운 딜리』 ········· 266

Prologue

데카르트

 남대륙은 세상에 존재하는 다섯 개의 대륙 중 하나로 지질학적으로 독립된 대륙이다. 북쪽으로는 스레디스테 해를 사이에 두고 중앙대륙과, 동쪽으로는 크르노 해를 두고 동대륙 남부와, 서쪽으로는 쉬르베나 해와 리제프 운하를 사이에 두고 서대륙과 인접해있다.

 실질적인 크기는 중앙대륙과 동대륙보다는 작지만 서대륙과 북대륙보다 훨씬 큰 그 대륙은 거대함에 비해 단촐하게도 공식적인 왕국은 두 개, 제국은 하나만 존재하며 나머지는 전부 부족 단위 혹은 도시국가로 이루어져 있다.

사실 사람이 살 수 있는 곳은 많지 않다. 산과 숲, 정글의 분포도가 더 크기 때문이다.

다포딜은 그 세 나라 중 한 곳에 살고 있었다.

그녀가 사는 나라는 세블레. 남대륙 동쪽에 위치한 곳으로 아름다운 주베리 폭포와 크르노 해로 이어지는 드넓은 사니아 바다, 그리고 위험천만한 차우시쿠 정글과 넓은 므웨니 초원의 영토를 가진 곳이었다.

세블레 왕국은 서쪽에 위치한 나라들과 달리 적의 침입이 드물었고, 침범 받지 않은 풍요로운 나라는 화려한 문화를 간직하고 있다. 세블레의 귀족들은 남대륙 그 어느 나라의 귀족보다도 사치를 즐기며 스스로를 치장했다.

그러나 그건 다포딜에게는 해당되지 않았다.

므웨니 초원 근처의 그녀가 사는 곳은 도시나 영지의 형태가 아니다. 숲 앞으로는 그저 끝없는 초원이 펼쳐져 있었고, 야생동물이 존재했다. 어디론가 갈 때 나침반을 소지하지 않는다면 길을 잃기 십상이었다. 물론 길을 잃는 것을 선호하는 이들은 굳이 나침반을 챙기지는 않았다.

이 아름다운 평원. 므웨니 초원에서 살아가는 동물들

은 많았지만, 그중에서도 코끼리의 수가 가장 많았다. 므웨니의 코끼리는 인간에게 친화적이었고, 인간들은 그들을 이용해 농사를 지었다. 코끼리는 농사를 짓는 데 꼭 필요한 존재였다. 물론 이것은 일반적이지 않았다. 대부분은 소나 말을 이용한다고 하지만 이곳 남대륙은 소가 귀했고, 개중에는 소를 신성시하는 종교도 있었다. 그들은 귀한 소 대신 어디에서나 흔히 볼 수 있는 코끼리를 사용했었다.

시간이 지나 윗지방에서의 농경사회 시장구조가 뒤바뀌고 타국과의 물물교환이 활발해지며 모두가 농사에 집중하지 않아도 되게 되었을 때쯤, 소는 이제 귀중한 존재가 아니었고 사람들은 더 이상 소에게 영험함을 원하지 않았으며 원할 때 소고기를 먹는 이들도 늘어났지만 므웨니 초원 근처에 사는 이들에게는 해당되지 않았다. 그들은 소를 귀하게 여기던 이들처럼 여전히 코끼리를 귀하게 여겼고, 여전히 코끼리와 함께 했다.

아주 먼 지역의 어딘가는 하마를 이용한다는 말도 있다. 아마 습지나 물이 많은 지역이겠지. 하지만 다포딜이 살고 있는 이 초원에는 하마가 없었고, 농사에 이용되는 것은 오로지 코끼리뿐이다.

그날도 다포딜은 창밖의 코끼리 무리를 바라봤다. 코끼리들은 평소보다 더 다급해 보였다.

"이를 어쩐다."

"어쩔 수 없지."

아쉐 옆의 헤이즈먼이 말했다.

* * *

그날, 코끼리 장사꾼이 망했다.

너무 오래전의 이야기라 다포딜은 코끼리 장사꾼이 망한 이유를 알지 못했다. 그저 농업에 마법혁명이 일어났다던가. 아니면 빚 때문이었던가. 도박 때문일 수도 있겠다. 어쨌든 그날 코끼리들을 타고 도망치던 망한 코끼리 장사꾼을 가만히 바라보다 낙오되는 한 마리의 작은 코끼리에게 눈길을 줬다.

그 코끼리는 아주 건강했다. 코끼리 장사꾼은 장사치로서의 능력은 없어 보였지만 코끼리는 잘 돌본 것 같았다. 낙오된 불쌍한 어린 코끼리는 뒤이어 쫓아오는 육식동물 무리에 겁에 잔뜩 질려 발걸음을 바삐 했지만 도망치는 큰 코끼리의 무리를 쫓아가지는 못했다.

곧 사자 밥이 될 것 같은 그 어린 코끼리를 가만히 바라보던 다포딜은 손을 올려 남자를 재촉했다.

그녀는 코끼리를 줍기로 했다. 바야흐로 코끼리와의 동거가 시작된 것이다. 남자는 육식동물 무리를 따돌리고 코끼리를 데리고 왔고, 다포딜은 코끼리에게 데카르트라는 이름을 지어주었다. 그리고 그녀의 성인 아쉐를 하사했다. 데카르트 아쉐. 꽤 괜찮은 이름이었다.

그리고 시간이 흘러, 코끼리는 성장하였고 크기는 집채보다 조금 작았다.

저 위풍당당한 모습을 보라. 아름답게 올라간 상아와 어느 사자도 감히 덤비지 못할 만큼 중후한 코끼리.

이 므웨니 초원의 자랑. 그러나 집 안에는 들어갈 수 없는 비운의 크기.

데카르트가 몇 번 노숙을 한 이후, 추위에 떠는 코끼리의 모습에 마음이 아파진 다포딜 아쉐는 눈물을 머금고 데카르트에게 축소마법을 걸었다. 그건 코끼리의 명예를 실추하는 짓이었지만, 삶에선 명예보다 건강이 더 중요한 법이었다.

지금 이곳, 므웨니 초원과 키브웨 숲의 경계에 있는 작은 집에 다포딜 아쉐와 데카르트 아쉐가 살아가고 있었다.

Chapter 1

동쪽 손님

1

　다포딜 아쉐는 공식적인 직업은 점술사였다. 겸사겸사 주술사도 하고 있다. 이것은 전통적으로 내려오는 아쉐 가문의 직업이다. 물론 가문이라고 할 만큼 아쉐는 거창하지 않았지만, 아쉐는 대대로 이 일을 해왔다. 이전 아쉐와 마찬가지로 다포딜 아쉐 또한 이 지역의 많은 것들을 이야기해주고 대가를 받으며 생활해왔다. 대가는 주로 먹을 것이다.
　이곳은 세블레 왕국의 므웨니 초원 근처.
　달리 마을이라고 정해져 있는 것은 아니지만 각자 어떻

게 자신의 구역이라고 정할 만한 곳에 집을 짓고 산다. 그래도 촌장은 있었다.

촌장이 거주하는 지역에는 시장이 형성되어있었는데, 아주 많은 사람들이 살고 있다. 무려 열 채의 집이 있었는데, 한 가구에 세 명 이상 거주한다고 한다. 사실 정확하지는 않다. 다포딜은 시장에 잘 가지 않는다.

어쨌든 이렇게 작은 마을에도 왕실의 권위는 닿았다.

세금을 걷기 위해 왕실에서 이 작은 마을에 찾아온 적이 있다. 왕실에서는 마을의 이름을 요청하였는데, 하필 이 마을에는 이름이 없었다. 왕실에서 나온 사절단이 촌장에게 마을의 이름을 물었을 때 그는 주마안네라 대답했다. 화요일에 태어났다는 뜻이었다.

화요일에 태어났다는 멋진 이름이 지어진 주마안네 마을은 이 근방의 유일한 시장, 겨우 열 채 정도의 집이 있는 구역만을 포함한다.

다른 많은 사람들은 초원 어딘가에 드문드문 살고 있었다. 카리테 나무 세 그루 옆 어딘가, 티에우스 연못 옆 근방. 혹은 므웨니 초원과 키브웨 숲의 경계, 오랜 시간 아쉐가 살아온 그 곳에.

* * *

다포딜이 집 밖으로 나갔다. 집은 넓고 사람은 없었다. 하지만 이 드넓은 집에 혼자 살아가는 것은 아니었다.

다포딜에게는 귀엽고 아름다운 반려동물이 있다.

이름은 데카르트 아쉐.

마을 외곽에 거주하고 있는 코끼리 종이다.

원래라면 크고 아름다웠을 그 코끼리는 지금 겨우 다포딜의 키 절반 정도밖에 오지 않는 작은 크기를 가지고 있었다. 이것은 자연배반적인 법칙을 이용한 일종의 편법이었는데, 그렇다 하더라도 질량까지 조절을 할 수는 없었다. 질량을 조절하는 방법 또한 있지만 다포딜은 아직 거기까지는 배우지 못했다. 그래서 데카르트가 움직일 때면 마룻바닥이 무너질 것처럼 삐걱대는 소리를 냈다. 그때마다 얼마나 무서운지, 지진이라는 것을 직접 겪는다면 아마 이러하지 않을까 하는 생각이 들 정도였다. 그러나 다포딜은 그를 내쫓을 생각은커녕, 만약 이 집이 무너지면 더 튼튼한 집을 지어야겠다고 생각하며 꽤 오랫동안 건축 서적에 빠져 살았다. 다행히 이 집은 무너지지 않았다.

"데카르트! 식사 시간이야!"

다포딜이 외쳤다.

그녀의 말에 천재 코끼리 데카르트가 꼬리를 움직였다. 파리를 쫓는 모양새였지만 오랫동안 데카르트와 함께해온 다포딜은 그것이 좋다는 뜻임을 알고 있었다. 다포딜이 문을 열고 안으로 들어섰다. 데카르트는 알아서 집 안으로 들어올 것이었다.

그날은 추웠다. 아마도 다른 대륙에서는 봄이라고 부르는 훼언의 어느 날은 너무나도 추웠다. 물론 춥다고 해서 서리가 낀다거나 눈이 내리지는 않았다. 그저 기온이 65도, 혹은 60 후반대 정도로 떨어졌을 뿐이다.

이곳은 다른 대륙들과 계절을 구분하는 법이 달랐다. 봄, 여름, 가을, 겨울로 구성된 다른 곳과 달리 이곳, 남대륙 세블레 왕국 속 므웨니 초원은 여섯 개의 계절이 존재했다. 남대륙 출신이 아닌 헤이즈먼은 처음 이곳에 왔을 때

계절을 부르는 형식도, 분류도 다르다면서 굉장히 놀랐다.

북대륙 어딘가는 1년의 반 이상이 겨울이라고 헤이즈먼은 말했다. 그곳에는 눈이라고 부르는 새하얗고 차가운 것이 있는데 마치 비처럼 하늘에서 송골송골 떨어진다고 했다.

송골송골인지, 하늘하늘이었는지. 혹은 펄펄이었는지도 모르겠다. 그건 독특한 표현이었다. 다포딜은 아직 그 눈을 본 적이 없었다.

어느 날 여름, 마법사인 헤이즈먼은 변덕이 불었는지 물을 차갑게 만들었다. 그것을 얼었다라고 말한 헤이즈먼은 이것이 눈과 흡사한 형태라고 말하며 얼어버린 물을 갈아냈다. 그리곤 갈아낸 차가운 물 덩어리로 코끼리 따위를 만들어 보였다.

이런 것이 하늘에서 내린다니, 두 눈으로 본다고 해도 믿지 못할 것이다. 코끼리 모양의 얼어버린 물 덩어리가 어떻게 하늘에서 내릴 수 있는가. 마치 신의 놀음과도 같았다. 차갑고 하얀 코끼리 모양이 초원에 내리면 정말 아름다울 것이라 어린 날의 다포딜은 생각했다.

다시 말하지만 여기는 남대륙 세블레 왕국, 므웨니 초원과 키브웨 숲의 경계.

1년의 계절은 총 여섯 개. 겨울, 건기, 봄, 여름, 우기, 가을.

오늘은 훼언의 세 번째 날이고, 계절은 건기였다.

* * *

그날은 별로 이상한 날은 아니었다. 다포딜은 헤이즈먼이 만들어준 온실에서 민트의 잎을 땄다. 그리고 뜨거운 물을 붓고 1분 동안 우려냈다. 막 딴 잎은 오랫동안 우리면 쓴맛이 두드러졌다. 다포딜이 집게로 잎을 건져낸 뒤, 그 향긋한 차를 특별히 아끼는 찻잔에 따르고 기분 좋은 얼굴로 테라스로 나왔다.

이런 추운 날에는 따뜻한 차가 제격이었다. 다포딜이 테라스에 놓인 의자에 앉아 찻잔을 바라봤다. 그리곤 차를 마시기 전 향기를 깊게 들이마셨다.

멀리서는 코끼리 떼가 보였다. 오래전, 코끼리 장사꾼

이 망한 이후 몇몇 코끼리들을 데리고 도망쳤지만 낙오된 수많은 코끼리들은 므웨니 초원에 버려질 수밖에 없었다. 온실 속의 화초처럼 자랐던 코끼리들은 곧 야생에 적응했고, 어느샌가 초원의 일원으로 살아가고 있었다. 일원이라고 하기에는 조금 그렇다. 어린 코끼리들이 성장함에 따라 자신들의 힘과 지위를 알아갔고 코끼리들은 므웨니 초원의 깡패집단이 되어 종종 다른 동물들을 위협했다. 데카르트는 그 길코끼리 무리에 뒤섞여 있었다. 멀리서 봐도 알아볼 수 있었다.

오랜만에 친구를 만나는구나, 생각하며 다포딜이 차를 홀짝였다.

건기, 겨울이 막 지난 추운 어느 날. 기온은 아마도 화씨 68도. 평균 120도를 넘는 것에 비하면 훨씬 추웠던 평범한 날에 이날을 평범하지 않게 만드는 누군가가 그녀를 찾아왔다.

다포딜은 알지 못하는, 그러나 마치 그녀를 알고 있는 것처럼, 멀리서 천천히 그녀를 향해 느긋한 사자처럼 걸어온 남자의 모습이 얼마나 낯선지, 숲 근처에 사는 성질 더러운 새인 님비카니가 꽥꽥거리면서 울었고 다포딜은 모르는 남자를 가만히 바라봤다. 기어코 집 앞까지 도달한 낯선 남자는 낯선 목소리로 낯선 단어를 내뱉었다.

"네가 이곳의 마녀냐?"

"엥?"

다포딜이 답했다. 제대로 된 문장도 뭣도 아닌 그저 황당한 되물음이었다.

* * *

남대륙은 고트와 니에틀의 경우 우기에 해당한다. 고트는 비만 잔뜩 내리는 반면 니에틀은 천둥번개가 동반한다.

천둥번개를 동반하는 니에틀에는 수많은 나무들이 바들바들 떤다. 혹여 니에틀의 번개에 맞았다가는 뿌리도 못 추리고 불타거나 갈라질 것이 뻔하기 때문이다. 지금 다포딜의 심정이 그러했다. 때 아닌 건기에 번개 맞은 나무처럼, 멍하니 남자를 바라본 다포딜은 도대체 예의범절이라고는 날 때부터 소장하지 않은 듯한 파렴치한을 이곳에 보낸 것이 누군가 고민했다.

게다가 마녀라니.

그 누구도 오해할 것이라 생각하지 않겠지만 감히 다시 언급하건대, 다포딜은 마녀가 아니다. 물론 그녀는 소소하게 타인의 점을 봐주며 살아가고 있기는 했다. 하지만 그것은 점보다는 지혜에 가까웠다.

대대로 내려오는 지혜, 핏줄을 통한 능력. 물론 실제로 점이라는 것을 보기도 하지만 그녀가 봐주는 진짜 점에 대한 대가는 무시무시했고, 웬만해서 점을 보지 않는다.

주술도 어느 정도 사용할 수 있지만 역시 그에 대한 대가는 무시무시하다.

점이나 주술 같은 삶에 순응한 것이 아닌 일시적인 삶의 조작과 근시일의 미래를 보는 행위는 술자와 의뢰자 모두에게 무리를 가져온다. 그리고 대부분 므웨니 초원에서 농사를 짓고 채집을 하며 살아가는 사람들은 그것이 필요 없기도 했다.

그래서 다포딜은 평범하게 지혜를 파는 아가씨로서 반려 코끼리 데카르트와 함께 살아가고 있다. 주마안네 마을에서는 그녀를 '날백수'라고 부르긴 했지만 다행히도 다포딜은 그 사실을 몰랐다.

물론 어떤 이들은 다포딜의 이야기를 듣고 그녀가 미래를 보는 마녀라고 주장하기도 한다. 다포딜은 자신의 능력을 그렇게 함부로 낭비하지 않았다. 미래를 보다니. 그런 귀찮은 일을 어떻게 한단 말인가. 그녀는 그저 이야기를 전해줬을 뿐이다. 코끼리의 이야기 말이다.

그녀의 반려 코끼리인 데카르트는 사교성이 좋은 코끼리였지만 여타 코끼리와 다른 점이 있다면 정착을 하며 산다는 것이었다. 대부분 초원을 살아가는 코끼리들은 철에 따라 먹이를 찾아 떠나기 때문에 여러 지역의 소식을 듣고 있었다. 나름 므웨니 초원의 깡패 코끼리들과 친한 데카르트는 종종 친구를 사귀었는지 코끼리 세계의 이런 저런 이야기들을 듣고 와서 다포딜에게 전해줬다. 코끼리의 세계는 간혹 인간의 세계와도 연결되어있어 다포딜은 먼 마을의 이야기나 현명한 코끼리 추장의 이야기를 사람에게 전하곤 했다. 이렇듯 코끼리는 상냥하고 똑똑하고 좋은 동물이다.

하지만 다포딜은 모르고 있었다. 이것이 다른 곳에서는, 적어도 다른 대륙에서는 마녀로 보일 수도 있다는 것을 말이다. 어쩌면 시장에서도 그녀를 마녀로 볼지 모른다. 그러나 장담하건대 다포딜은 마녀가 아니었다.

그 종족과는 전혀 달랐다.

그녀의 할머니도, 그 할머니의 할머니도 인간의 수명을 살다 갔다. 그녀들은 그냥 인간이었다. 단지 조금 더 열린 마음을 가지고 있을 뿐이고, 조금 더 지혜로울 뿐이었다. 그렇게 삶에 순응한다.

* * *

아쉐. '살아감'.

그녀들은 그냥 남쪽에서 살아가는 지혜로운 사람일 뿐이었다. 그런데 마녀라니, 이게 웬 소로 농사질하는 소리인가.

다포딜이 생각했다. 그러고 보면 헤이즈먼은 가끔 다른 대륙의 신관들, 사제들의 무지함을 이야기하곤 했다.

하지만 그건 수백 년 전이라고 이야기했으며 그에 대한 책도 잔뜩 다포딜에게 사다 주었다. 다포딜이 의심스러운 눈으로 남자를 바라봤다.

"혹시 신관이에요?"

그녀가 물었다. 남자가 표정을 굳혔다.

"세상에, 신관이군요? 전 신관은 처음 봐요."

다포딜이 확신했다.

"정말 신관들은 남을 멋대로 깔보며 가르치고, 통치하고, 음모를 꾸미고, 자신과 견해가 다른 사람들을 화형시키나요?"

"뭐? 넌 신관을 뭐라고 생각하는 거야?"

"그야 당연히 신의 말을 전하는 것을 넘어서 사람들이 그의 곁에 일찍 가도록 사람들을 괴롭히는 이들이죠."

다포딜의 말에 남자가 잠시 말을 멈췄다. 신의 말을 전한다는 건 일단 그렇다 치고, 신에게 일찍 보낸다던가 사람들을 괴롭히는 건 또 뭐란 말인가. 남자가 그 부분에 대해 지적하며 묻자 다포딜은 친절하게 대답했다.

"역시 신관이군요! 저 가차 없는 지적질! 그런 신들은 언제나 인간을 시험에 들게 해서 괴롭히는 걸 좋아하더라고요.『신관지침서』라는 책에 보면 언제나 그러던걸요?"

호기심 가득한 눈으로 상냥하게 웃어 보였지만, 입 밖으로 나오는 말은 가차 없었다.

"정말 신관은 인간의 욕구를 없애기 위해 스스로 밤마다 등짝에 채찍질을 하나요? 진짜 자기와 견해가 다르다고 사형시켜요? 논쟁은 왜 하는 건가요? 사제와 신관의 차이는 뭐죠, 신관님?"

그녀가 신기한 것을 보는 듯, 남자의 옷을 잡고 늘어지며 끊임없이 물어댔다. 남자가 당황한 얼굴로 다포딜을 떼어내려고 했지만 그녀는 굉장히 힘이 강했고 남자는 그것을 몰랐다.

다포딜이 두 눈을 반짝이며 새로운 지식에 대한 욕구를 뿜어내고 있을 때, 멀리 떠나는 다른 코끼리 부족을 배웅한 데카르트는 코와 꼬리를 흔들며 집으로 귀가하다 그녀 앞에 있는 생전 처음 보는 남자를 발견하고 눈을 동그랗게 떴다.

하지만 아무리 봐도 다포딜이 남자를 괴롭히는 것 같으

니 굳이 스스로 달려가서 남자의 옷자락을 코로 물고 늘어질 필요가 없다고 생각한 데카르트는 가벼운 발걸음으로 집 옆에 있는 사과나무로 향했다. 사과나무 아래에서 늘어지게 잠을 자는 것이 오늘의 데카르트의 목표였다.

* * *

물론 다들 알고 있겠지만 남자는 신관이 아니다. 당연히 사제도 아니다. 남자는 신에게 봉사 따위는 하지 않으며, 그러한 것에 인생을 바칠 생각 따위도 없었다.

또한 남자가 다포딜을 찾아온 것은 마녀를 처단하기 위함이 아니었다. 지금이 어느 시대인데 마녀사냥을 한단 말인가. 물론, 어딘가에서는 마녀사냥을 하고 있긴 하지만 그가 살고 있는 곳에는 그 파급이 미치지 못했다. 동쪽인들은 지혜로운 이들이었으니 말이다.

그는 단지 도움이 필요했다. 그것이 마녀여도 상관이 없었다.

그러나 그를 도와줄 사람은 아무도 없었다.

그가 겪은 일에 대해서 아는 이들이 아무도 없었다. 적어도 그가 살던 동쪽에는 그랬다. 중앙은 위험해서 가지 않았고 북쪽은 너무 추웠다. 그래서 남자는 자신이 사는 곳 근방에서 이런 저런 수소문을 통해 문제를 해결할 방법을 찾아다녔다. 동쪽에도 마녀 비슷한 것이 있었기에 그들에게도 방문을 했지만 슬프게도 답을 아는 이는 없었다. 엘프를 찾아가 보라는 말도 들어 수소문을 했지만 엘프는 만날 수 없었다. 도대체 그것들은 어디에 처박혀 있는 것인지, 동대륙 죽음의 사막 너머에 있는 숲으로 찾아갈까 했지만 그건 또 너무 험난했다.

그렇다고 동대륙 북부로 가서 동부로 내려오자니 그건 너무 오래 걸리고, 비용이 많이 들었다. 심지어 험난한 산맥을 통과하는 과정에서는 목숨을 걸어야 했다. 그는 동쪽 숲을 찾아가는 것을 포기하고 다른 수많은 점쟁이들을 찾아다녔다.

사실 추위 정도는 감안할 수 있다고 생각한 남자는 북대륙의 무녀에게도 찾아가려고 했었지만 슬프게도 그녀는 아무나 받아주지 않는다. 작위가 공작이니 그럴 수밖에 없었다. 별 볼 일 없는 그가 퍽이나 멋대로 공작을 찾아가서 부탁을 할 수야 있겠는가.

남자는 어쩔 수 없이 다시 수소문을 했다. 그의 의뢰를 들어줄 수 있는 사람을 찾기 위하여. 그러다 어떤 남자를 만났다. 그는 아주 유명한 남자는 아니었지만, 이름이 있는 마법사였다.

남대륙에 오랫동안 머물며, 남대륙 일대기의 책을 썼고, 남대륙의 여인과 결혼하여 살고 있는 남자. 어떤 이들은 떠돌이 현자라고 지칭하는 그가 아쉐에 대해 말했다.

남대륙 세블레 왕국 소속의 주마안네 마을에 가라고.

그곳에서 초원을 지나 가다 보면 숲이 보일 것이라고.

키브웨라는 이름을 가진 숲과 초원의 경계에 단층의 집이 하나 있을 것이라 남자는 말했다.

그곳에 현명한 여자가 살고 있다.

그녀의 이름은 아쉐. 다포딜 아쉐.

남대륙의 어린 현자다.

"마녀가 아니라고?"

물론 남자는 마녀라고 생각하고 찾아왔다.

"당연히 마녀가 아니죠. 저는 평범한 점쟁이인걸요."

"그 망할 마법사!"

남자가 말했다. 다포딜도 고개를 끄덕였다. 그녀는 그 망할 마법사가 누구인지 알아차렸다. 망할 마법사는 그녀에게도 망할 마법사였다.

아아, 헤이즈먼. 망할 마법사 헤이즈먼. 그 남자였다.

다포딜이 불쌍하다는 얼굴로 남자를 바라봤다.

저런 불행한 사람이 또 있나.

헤이즈먼을 만났다는 사실은 인생의 불운이었다.

다포딜은 자신만이라도 따뜻하게 저 불행 덩어리인 남자를 맞이해줘야겠다고 생각했다. 그리곤 손짓하며 남자를 집 안으로 불러들였다. 남자가 찜찜한 얼굴로 주위를 둘러보다 안으로 들어갔다.

다포딜에게 있어서는 정말 오랜만의 외부 손님이었다.

다포딜이 콧노래를 부르며 창가 화분의 흙더미에서 뿌리 하나를 꺼냈다. 막 싹이 올라왔지만 신경 쓰지 않은 채 처참하게 돋아난 싹을 잘라낸 뒤 물에 뿌리를 벅벅 씻어냈다. 옆에서는 물이 끓고 있었다. 막 씻어내 노란빛을 띠는 그것을 가차 없게 썰어낸 뒤 작은 꽃과 나무 조각 등의 재료와 함께 티포트에 넣었다. 그 위에 뜨거운 물을 부어내자 풋풋하고 알싸한 냄새가 퍼졌다. 그 자극적인 향이 코가 간질거릴 지경이었다. 그것을 아끼는 찻잔에 따르고 남자에게 가져다주자, 남자는 이것이 의아한 얼굴로 다포딜을 바라봤다.

"신선한 생강 차예요."

생강은 돈을 부르는 강력한 유인제였다.

남자에게 돈의 축복이 있기를.

망할 마법사 헤이즈먼은 아쉐의 이야기를 하면서 남자에게 돈을 뜯어냈을 것이 분명했다. 다포딜은 돈을 뜯긴 남자에게 금전을 쥐여줄 의향은 없었지만, 그에게 금전운이 오도록 도와줄 수는 있었다.

남자는 그녀의 답변이 만족스럽지 못했는지 옅은 색을 띠는 차를 바라보고 있었다.

"껍질을 얇게 저민 신선한 뿌리와 설탕, 그리고 달콤한 나무를 넣었죠."

"그걸 묻는 게 아니라 이걸 왜 내주는 거지?"

"손님을 대접하는 건 주인으로서 당연한 일인걸요?"

"그게 아니라, 왜 이 뜨거운 걸 내주냐는 거야."

"지금은 건기고, 춥잖아요?"

"20도에 근접하는 기온이 춥다고?"

"네, 섭씨로 하면 그 정도 되겠네요. 여기는 평균 기온이 화씨 120도가량 돼요. 지금은 화씨 68도. 아주 춥죠."

다포딜이 대답했다. 이곳에서 이상한 것은 남자였다. 지금은 봄이 오지 않은 건기였고, 겨울이 지난 지 얼마 되지 않았다.

"어서 드세요. 좋은 일이 있을 거예요."

다포딜이 상냥하게 웃으며 말했다. 도대체 어디에 좋은 일이 있을지는 모르겠지만 일단 남자는 잔을 들었다. 차는 꽤 맛있었다.

2

남자의 이름은 데샤드 트리누였다.

아마도 다른 대륙 어딘가의 출신이겠지만 어디인지는 다포딜은 파악할 수 없었다. 만약 그녀가 견해가 깊다면 단박에 북대륙식 성이라는 것을 알아차렸을 테고, 이름으로 보면 동대륙 남부에서 태어난 것을 알 수 있었을 것이다.

그러나 슬프게도 다포딜은 세상 물정과 대륙 간의 어원에 대한 지식이 깊지 않았고, 남대륙 외부로 나간 적도 없었다.

그것은 부끄러운 것이 아니었다. 그녀는 지혜로운 자

였으니 말이다.

문제는 지혜와 지식은 동의어가 아니라는 것에서 온다.

남자에게 다포딜은 그저 이상한 사람이었다.

"그걸 모른다고? 왜? 넌 지혜로운 사람이라며?"

"어머, 지혜와 지식이 다르다는 걸 모르세요? 물론 지식이 쌓이면 사람은 지혜로울 수 있지만요."

다포딜이 이야기했다.

"지식은 현재 삶의 습득이에요. 지혜는 지금 이전의 나로부터 온 것이죠. 한순간에 탄생하는 게 아니거든요. 지금 책을 많이 읽으면 다음 생에는 아주 지혜로운 사람이 될 거예요. 그리고 전 견해가 부족할 뿐 지식은 부족하지 않아요. 다음 생에도 저는 아주 지혜로운 사람으로 태어나겠죠."

말은 잘한다고 데샤드는 생각했다.

다포딜은 그런 데샤드를 뒤로한채 데카르트를 부르며 코끼리의 귀를 들었다 놨다 했다. 데샤드는 그 상황을 그냥 말없이 바라봤다.

이상한 곳에 와버렸다고 생각하고 있었다.

* * *

데샤드는 2년 전부터 무언가 잃어버린 기분이 들었다. 아니, 분명 무언가를 잃어버렸다. 그러나 그것이 무엇이라 딱히 정의 내릴 수 없었다. 하지만 좋은 것은 아니었다. 처음에는 아무렇지 않게 생각했다. 인지조차 하지 못했다고 볼 수 있었다.

하지만 시간이 흐르면서 뭔가 부족한 기분이 들었다. 그게 뭔지 알 수 없었다. 하지만 아주 소중하고, 삶에 중요한 것이었던 것 같다. 그렇지 않다면 이 이유없는 상실감이 절절할리 없었으니까.

그때부터 데샤드는 자신이 잃어버린 것이 무엇인지 찾으러 다녔다. '잃어버린 것'이 아니라 잃어버린 '것'부터 말이다.

그러기 위해 수많은 마법사와 마녀를 만나고, 사제도 만나봤다. 점쟁이와 주술사는 물론, 비록 만나지는 못했지만 엘프에게까지 찾아가려고 하지 않았던가. 그러나 어떠한 방법은 없었다.

그때 만난 망할 마법사가 말했다.

"자네 꿈은 어디에 뒀는가?"

처음엔 미친 사람인 줄 알았다. 하지만 그의 말을 몇 번이나 곱씹고 또 곱씹었을 때 알게 되었다.

데샤드가 말했다.

"난 꿈을 잃어버렸어."

"직업소개소에 가보는 건 어때요?"

다포딜이 잘못 찾아온 것 같다는 얼굴을 하며 말했다. 물론 그가 잃어버린 것이 그 꿈은 아니었다.

정말 '꿈' 자체가 사라진 것이다.

잠자는 동안 여러 가지 사물을 보고 듣는 그런 정신 현상이 아예 없었다. 무작위로 상기되는 기억과 정보 같은 것이 없다. 잠재적인 요소도, 뇌리에 담았던 것도 전부 없었다.

마치 기억을 잃어버린 것처럼 말이다. 말도 안 되는 일이었다. 그래서 처음에는 아니겠지 생각했다. 미친 마법사가 '꿈은 어디에 뒀냐니까?'라고 머릿속에서 말을 하는 듯 했지만 설마하니. 원래 꿈이라는 것은 꾸어도 잊어버리기 마련이고 안 꾸는 날도 있지 않은가? 그래서 그는 꿈이라는 것에 대해 대수롭지 않게 생각했다. 사실 꿈을 기억하는 경우가 얼마나 될까. 잠에서 깨어나서 바로 기록하지 않으면 대부분 사라지고 잊어버린다. 꿈을 기억하지 못하는 건 보통이다.

하지만 그래도 무언가를 꾸었다는 기억이 있었다.

그래, 있었다. 아주 예전에.

"내 꿈이 어디 갔지?"

남자는 꿈을 잃어버렸다. 마지막으로 꿈을 꾼 게 언제인지는 모르겠지만 적어도 2년은 됐던 것 같다. 하지만 그 이후에는 없었다. 꿈이라는 단어 자체가 그의 인생에서 송두리째 사라진 것처럼.

데샤드는 자신이 꿈을 상실했다는 것을 아는 순간부터 매일 밤을 상기했지만 꿈은 단 한 번도 찾아오지 않았다. 그 어떤 기억도 없다. 기억나지 않은 꿈을 꾸었다는 것조차도 말이다. 무엇 때문인지, 언제부터 이랬는지 알 수 없다.

"꿈."

다포딜이 말했다. 그녀의 손에는 『세블레 표준 언어 대사전』이 들려있다.

잠자는 동안에 깨어 있을 때와 마찬가지로 여러 가지 사물을 보고 듣는 일련의 시각적 심상, 혹은 정신 현상.

꿈은 단지 그것뿐이라 남자는 생각했었다. 그는 학자는 아니었지만 어느 정도의 교육을 받았고 많은 것을 공부했다.

학자 오쇼는 이런 말을 했다. 꿈은 한낱 쓰레기이며, 마음을 풀어놓는 것 정도라 삶에 있어 사소한 도움을 주며 정신을 청소해 온전한 상태로 유지하게 해주지만 그것 이외에는 의미가 없다고 말이다.

"억압되지 않으면 꿈을 꾸지 않는다던데. 그래서 멸망한 드 밀류의 어떤 신은 결코 꿈꾸지 않는다고."

데샤드의 말에 다포딜이 천천히 고개를 저었다. 억압되지 않으면 꿈을 꾸지 않는다니.

"그럴리가요. 사람은 모두 꿈을 꾸는걸요. 단지 인지하지 못할 뿐이죠. 가끔 안 꿀 때도 있긴 하지만요. 지나치게 피곤하거나 지나치게 잘 자거나."

물론 신이 꿈을 꾸는지 어떤지는 모르겠다. 다포딜은

아직 신을 만나보지 않았다. 아마 조금 자기학대적이고 통제를 좋아하며 사람들을 신의 품으로 보내기를 좋아하는 사제를 만나게 된다면 신을 만날 수 있을지도 모른다는 생각을 했지만 결코 좋은 생각은 아닌 것 같았다.

"사실 지나치게 잘 자는 건 억압되지 않은 거지만 지나치게 피곤한 건 엄청나게 억압된 상태니까요. 극과 극은 통한다고 해야 하나?"

그녀가 말하다가 잠시 무언가 생각하듯 "아닌가?" 혼잣말했고, 데샤드는 굉장히 불안해졌다.

"역시 맞는 것 같아요."

하지만 이내 웃으면서 말하는 다포딜의 모습에 그저 입을 다물었다.

* * *

다포딜은 찻잔을 손으로 쥐었다.

선선한 바람에서 뼛속을 파고들 것 같은 느낌이 들었다. 실제로 뼛속을 파고드는 바람은 아니었지만 다포딜에게는 너무 추운 날씨였다. 그에 비해 손에 느껴지는 온기는 온몸을 따뜻하게 해주는 듯했다. 그것 역시 실제는 아니었다. 살포시 웃어 보인 다포딜이 남자를 바라봤다. 그는 아무것도 모른다는 얼굴을 하고 있었다.

잠시 말을 멈추던 다포딜이 다시 입을 열었다.

"의식은 기본적으로 세 가지가 있어요. 꿈꾸지 않는 깊은 수면, 꿈을 꾸는 수면, 그리고 깨어 있는 상태죠. 깊은 수면 상태와 꿈 수면 상태는 당연히 무의식이죠. 그저 그렇게 알려져 있지만 사실 꿈은 의식의 변화에 대해 이야기해주거든요. 사실 꽤 중요한 거예요."

"오히려 꿈꾸지 않는 수면이 더 중요하지 않나?"

"꿈꾸지 않는 수면으로 고통 받아서 찾아왔으면서도 그것이 중요하다고 생각하세요? 그렇다면 정말 멍청한 생각인데."

그녀가 심각한 얼굴로 데샤드를 바라봤다. 마치 그렇게 멍청한 사람은 아닐 텐데, 하고 생각하는 것 같았다.

데샤드가 입을 다물었다.

그렇다. 꿈꾸지 않는 수면이 좋은 것이라고 알려져 있

지만 그는 꿈꾸지 않는 것으로 고통받고 있었다. 그러나 그것이 어떠한 고통인지 그는 알지 못했다.

단지, 무언가가 부족했다.

자고 일어나면 개운한 것이 아니라 무언가를 잃어버렸다는 생각만 들었다. 그에 대한 것을 수많은 이들에게 문의했지만 그 누구도 알지 못했다. 도대체 어떠한 이유로 그가 꿈을 꾸지 못하며 잃어버렸다는 기분이 드는지.

"꿈꾸지 않는 수면은 근원과 합쳐지는 거라고 들었는데 그로부터 생명을 얻어내고, 그것이 사람을 살아가게 하는 것이며, 일용할 양식보다도 중요한 것이라고……."

데샤드가 말했다.

"누가 그래요?"

"학자들이?"

"그건 그냥 이론이잖아요."

다포딜이 고개를 저었다.

"이론은 언제든지 바뀔 수 있어요. 세상에는 밝혀지지 않은 것이 훨씬 많고, 또한 알아내기 위해 노력하면 노력할수록 새로운 것이 나오니까요."

이어지는 그녀의 말에 데샤드가 고개를 끄덕였다.

그건 확실히 맞는 말이었다. 이상하지. 분명 상식 없는 행동을 하는 것 같은데 막상 나오는 말들은 들어보면 맞는 것 같다. 다포딜이 자리에서 일어났다. 그녀가 창가에 있는 상자에서 무언가를 꺼냈다.

"어쨌든 꿈이라."

그녀가 말하며 가죽 주머니를 들고 테이블로 다가왔다. 그녀가 테이블을 열자 나무 조각들이 나왔다. 나무 조각에는 알 수 없는 언어들이 적혀 있었다.

다포딜이 데샤드를 바라봤다.

"왜 그가 당신을 저에게 소개시켜주었는지 알겠군요."

그녀가 말했다.

"그런데 제 대가는 꽤 비쌀 텐데, 괜찮아요?"

보통 꿈의 형상은 일상생활의 기억 표상과도 같은 것을 나타낸다고 알고 있다. 삶의 깊은 의미, 원인과 결과에 대한 인식, 어떠한 법칙, 일상생활의 여운, 주변 환경의 왜곡된 인상, 그리고 상태. 몸이든 건강이든 그것이 놓인 상태에 따라 각기 다르며, 모두 상징적이다.

"꿈이 단순히 물질적이거나 환경적이거나 혹은 몸의 상태의 반영인 것은 아니에요. 물론 반영하는 꿈도 있지만 다른 것도 있죠. 이건 일상의 의식으로는 가질 수 없는 것이에요."

다포딜이 말하며 나무 조각을 섞었다. 달각달각 소리가 들렸다. 데샤드가 말없이 그것을 바라봤다. 나무 조각이 얼마나 있는지는 알 수 없었다. 어쨌든 꽤 많았다.

어떠한 언어가 쓰인 것일까. 점술이라는 방법에는 여러 가지가 있었지만 그녀처럼 특정한 것이 새겨진 나무 조각은 처음 보았다. 보통은 카드를 펼치거나 수정구를 살피거나 할 텐데, 그녀는 특정한 문자가 새겨진 나무 조각을 뒤섞고 있었다.

그것은 문자보다는 선의 나열이었다. 숫자를 셀 때 쓰는 것처럼, 혹은 최초의 언어라고 불리는 쐐기문자처럼.

다포딜이 나무 조각 몇 개를 뒤집으며 이어 말했다.

"그리고 당신이 잃어버린 것이 그것이군요. 일상의 의식의 것이 아닌 꿈이에요. 그 너머의 당신 고유의 것을 잃어버렸죠. 이걸 뭐라고 표현하지. 의식 자체를 잃어버렸다? 그것보다 넓게 말하면……."

다포딜이 다시 하나의 나무 조각을 뒤집었다.

참담하다는 듯 다포딜이 작게 내뱉었다.

"영혼을 도둑맞았다?"

"영혼을 도둑맞았다고?"

남자가 놀란 듯 되물었다. 그가 경악한 얼굴로 다포딜을 바라봤다. 다포딜이 까르르 웃었다.

"그러게요. 지금 영혼상실 상태네요."

가볍게 이야기하는 그녀를 보며 데샤드가 얼굴을 구겼다. 가볍게 이야기하는 것도 결코 유쾌하지 않을뿐더러, 웃을 상황도 아니지 않던가. 데샤드의 표정을 본 다포딜이 목을 가다듬으며 다시 말을 이었다.

"물론 크게 걱정하지 않아도 돼요. 영혼에는 종류가 많거든요. 오로지 존재하는 것, 잔재하는 것, 떠나는 것, 그리고 당신이 알지 못하는 또 다른 무언가도 있죠. 모든 것은 연관되어 있어요. 오로지 나만 존재하는 것은 있을 수 없죠. 잃어버린 건 당신이 알지 못하는 거예요. 물론 찾는다고 해도 알 수는 없지만, 그래도 당신이 가지고 있어야 할 것이죠."

데샤드가 입을 다물었다. 무슨 말인지 알 것 같으면서도 알 수 없는 말이었다. 영혼은 또 뭐고, 알지 못하는 또 다른 영혼은 뭘까. 그것보다 영혼이 없는 상태에서도 사람은 살 수 있던가. 영혼이라는 것이 사실 별것 아닌 건가.

그런 생각이 데샤드의 머릿속에서 뒤섞였다. 지금 상황 중 그 어떠한 것도 이해가 가지 않았다. 그런 데샤드에 대한 배려 따위는 사탕과 바꿔 먹은 듯, 다포딜은 스스로 흥에 취해 달각달각 다시 나무 조각을 섞었다.

"문제는 이것이 어디 있느냐는 건데. 볼까요?"

데샤드가 집중을 해서 테이블 위를 바라봤다.

"이것을 훔쳐 간 건……."

다포딜이 말하며 나무 조각을 뒤집었다. 그리고 순간 멈췄다. 데샤드가 다포딜을 바라봤다.

* * *

"세상에, 페어리군요?"

다포딜이 놀랍다는 듯 말했다.

"도대체 무슨 짓을 했기에 페어리에게 영혼을 빼앗긴 거예요?"

그녀가 재차 물었다. 이 경우는 과연 빼앗긴 건지, 그의 혼 자락이 너무나도 아름다워 페어리가 훔친 건지 알 수 없었지만 어쨌든 그는 영혼의 일부를 페어리에게 빼앗겼다.

"어쩌죠? 이걸 해결하려면 최소 한 달은 걸려요."

다포딜이 혀를 찼다.

"뭐?"

"지금은 건기라 페어리들이 남대륙에 잘 안 와요. 걔네 건기를 싫어하거든요. 봄이나 여름이나 되어야 좀 찾기 쉬운데. 우기부터 건기까지는 잘 안보이거든요."

봄이 되기까지는 앞으로 27일, 여름까지는 두 달 하고도 27일.

"조금 더 늦게 찾아오지 그랬어요."

이 경우는 조금 더 일찍 찾아오지 그랬느냐고 하지 않던가, 데샤드가 생각했다. 그러거나 말거나 다포딜은 이제 점은 다 봤다면서 나무 조각을 모아 가죽주머니 안쪽으로 넣었다.

달각 다르륵 소리가 나며 주머니 안쪽으로 나무 조각들이 쏟아졌다. 데샤드가 눈살을 찌푸렸다. 한 달에서 세 달. 슬픈 것은 다른 대륙에 이동을 했다가 다시 오면 여름의 막바지일 것이다. 만약 풍랑을 맞거나 잘못 빠져들면 더 늦어질 거고 그러면 페어리의 활동 시기와 일치하지 않을 수도 있다.

그렇다고 워프게이트로 이동을 하자니, 워프게이트가 있는 마을까지 이동을 하고 다른 곳에 갔다가 또 이곳까지 돌아오기에는 시간이 아까웠고, 돈은 더 아까웠다.

데샤드가 혀를 차며 다포딜을 바라봤다.

"남는 방 있어?"

그는 잠시 빌붙기로 결심했다.

3

 훼언의 일곱 번째 날이었다. 남대륙은 동대륙이나 중앙대륙과는 달라서 해가 길었다. 왜 그런지 알 수 없었다. 이곳이 조금 더 남쪽에 있기 때문일까, 그가 멋대로 생각했다.
 그 사유에 대한 자연의 섭리 같은 것이 있겠지만 데샤드는 그것에 대해 무지했다.
 이곳의 집들은 큰 창을 가지고 있었다. 개방된 커다란 창과 그에 못지않게 커다란 집이었다. 비록 단층이었지만 이렇게 커다란 집에 혼자 사는 것은 꽤 무서운 일일 것 같앉다. 그녀는 아무렇지 않게 살고 있었지만 말이다.

이 집에는 코끼리의 방도 있었는데, 코끼리는 자신의 방보다는 그냥 복도나 응접실이나, 혹은 아무 방을 이용하는 것 같기도 하다. 그도 그럴 것이 데샤드가 일어났을 때 코끼리는 그의 방에 들어와 그를 빤히 바라보고 있었기 때문이다. 그 코끼리는 지금도 데샤드를 바라보고 있었다. 자신을 말없이 바라보는 코끼리를 응시하던 데샤드는 다시 시선을 창으로 돌렸다.

초원 위로 해가 떠오를 것이 자명했던 하늘은 생각과 달리 어두웠다. 멀리서는 새가 날갯짓을 하고 동물들이 무리 지어 지나갔다. 생각지도 못한 장면이었다. 물론 생각지도 못한 것은 그의 방 안에도 있었지만.

"데카르트? 데카르트! 어디 있어?"

그리고 가장 생각지도 못한 것은 저 코끼리의 이름이었다.

데카르트 아쉐. 그것참, 재밌는 이름이라고 데샤드가 생각하며 몸을 일으켰다. 마녀는 그가 이곳에 머물 수 있게 해주었다. 마녀는 마녀가 아니라고 했지만 데샤드는 그녀를 뭐라고 불러야 할지 알 수 없었고, 그녀 또한 마녀라는 호칭에 별다른 말은 하지 않았다.

다포딜은 그에게 이곳에 머물 수 있게 해주는 대신 조건을 하나 붙였다. 그녀의 일을 도울 것.

데샤드는 다포딜이 어떤 일을 하는지 정확하게 알지 못했지만 알겠다고 대답했다. 마녀가 하는 일이라고 해봤자 무언가 채집하고, 약을 만들거나 하는 것 뿐일 것이라 생각했기 때문이다.

하지만 그건 데샤드의 착오였다. 편견으로 인해 헛다리를 짚은 것이다. 물론 지금 당장 그녀의 일에 대해 알게 된 것은 아니었다. 만약 데샤드가 당장 그 사실을 알았다면 재빨리 도망쳐 있다가 다시 이곳으로 돌아와 꿈 문제를 해결했을 테니 말이다.

며칠 동안 다포딜은 별다른 일을 하지 않았다. 코끼리를 탄 사람이 찾아와서 먹을 것을 건네주면 그녀는 어떠한 이야기를 해줄 뿐이었다. 그날도 그러했다. 다포딜은 옥수수를 받아 들며 그를 집 안쪽으로 안내했다. 응접실이라고 하기엔 지나치게 개방적인 곳이었다.

데샤드는 나흘 만에 이곳에 완벽하게 적응을 했다. 옆에서 코로 애교를 부리는 코끼리의 행색이 더 이상 괴이하게 느껴지지 않았다.

"올해는 어떨 것 같나?"

화려한 옷차림을 한 남자가 말했다. 색색의 옷에서 상대적인 돈 냄새가 느껴졌다. 데샤드는 그런 그를 흘끗 바라보다 데카르트에게 사과를 건네주었다. 데카르트는 사과를 굉장히 좋아했다. 이유는 알 수 없었다.

다포딜은 멍하니 하늘을 바라봤다. 그녀가 앉아 있는 테이블에는 여전히 나무 조각이 있었다. 선을 나열한, 어떤 단어인지 뜻을 파악하기 힘든 단어들. 혹은 그냥 숫자일지도 모르는 것들.

그러나 다포딜은 나무 조각을 뒤집을 생각도 하지 않고 그저 하늘만 바라보고 말했다.

"오늘은 해가 어둡네요. 구름을 보니까 충해가 있겠어요. 그것만 걱정하면 무리는 없어요. 올해는 병자들이 별로 나오지 않겠군요. 지금 바람이 어느 방향이죠?"

"보자, 서쪽으로 부는구먼."

"서쪽이면 올해 밀 값이 비쌀 거예요. 그전에 미리 채워 두는 게 좋겠어요. 수확한 것은 팔지 않는 용도로 하다가 남으면 다음 건기에 풀어서 이득을 취하는 것이 현명해요."

데샤드가 하늘을 한번 바라봤다. 어두운 듯한 하늘, 평범한 구름. 서풍? 무슨 말인지 전혀 모르겠다. 데샤드는 그러한 자연의 섭리로 무언가를 논하는, 아니 점지하는 것은 할 수 없었다. 하지만 남자는 무언가를 깨달았다는 듯, 당연하게 고맙다는 말을 이으며 먹을 것들을 내려놓았다.

마치 그녀가 말하는 것을 신뢰라도 하는 것처럼. 이러니 그가 마녀라고 해도 다포딜은 뭐라 하지 못하는 것이라고 데샤드는 멋대로 판단했다.

이곳에서 지낸지 며칠이나 되었지만 데샤드는 다포딜이 신뢰할 만한 인물인지 확신하지 못했다. 그 망할 마법사는 굉장히 뛰어난 사람이라고 그녀를 소개했지만 일단 마법사도 신뢰가 가지 않았다. 그러나 이 마을 사람들은 무슨 일이 있으면 그녀를 찾아오곤 했다. 그녀의 말을 듣고 입 밖으로 나온 형체 없는 단어를 신뢰한다.

이 여자를 믿을 수 있을까, 데샤드가 생각했다. 그런 그의 팔 언저리를 데카르트가 툭툭 쳤다. 데샤드가 데카르트를 바라봤다. 커다란 눈망울이었다. 생각 외로 코끼리는 예쁘게 생겼다. 처음 보는 코끼리가 예쁜 건지, 그가 예쁜 건지 모르겠다고 데샤드는 생각하며 또 다른 사과를 들어 그의 코에 쥐여주었다.

* * *

당신에게 지혜롭고 고독한 친구가 존재한다면, 어째서 그들이 가끔 종잡을 수 없는 행동을 하는지, 완전한 미치광이처럼 구는지 이해하려고 하지 마라.

—데샤드 트리누

정말 유려한 필체라고 데샤드는 생각했다. 자신의 글씨였지만 정말 굉장했다.

더불어 데샤드 트리누는 본인이 유명한 사람이 아니라는 걸 절절하게 알고 있었지만 이 말에 공감을 하는 사람이 언젠가, 아니 꽤 자주 삶을 살아가는 누군가에게 가닿으리라는 것을 알고 있었다. 이것이 일종의 예언이나 그러한 것은 아니다.

단지 세상에 우리가 알 수 없는 미치광이가 많다는 것이다. 이 미치광이에는 긍정적인 의미도 있으니 비하하는 눈은 삼가도록 하자.

남대륙답게 가벼운 복식에 천을 두르고 있던 다포딜은 오늘만큼은 제대로 무장했다. 커다란 모자와 남성용 작업복, 그리고 부츠. 손에는 삽과 수많은 농사용 도구들을 들고 있는 것으로 추정되었다. 추정인 이유는 데샤드가 농사에 대해 잘 모르기 때문이다. 저게 과연 농기구인지, 무기인지 도무지 알 수 없었다. 어쩌겠는가. 그는 도시에서 태어나 도시에서 살았고, 살면서 단 한 번도 농사라는 것을 접해보지 못했다. 식료품점에서 사 오는 거라면 몰라도 농사? 말이 되던가.

데샤드는 다포딜을 보며 그가 항상 먹었던 남대륙에서 수입한 농산물이 어떻게 탄생되는가를 알 수 있으리라 생각했다. 물론 다포딜은 혼자 소소하게 먹고 살기 때문에 큰 농사를 짓지 않았다. 데샤드가 다른 농장에 견학이라도 간다면 경악할지도 모른다. 수많은 코끼리 떼와 수많은 농작물을 보고 말이다.

"그래서, 아쉐. 뭐 하려는 거지?"

"농사죠. 그런데 아쉐는 뭐예요? 그냥 다포딜이라고 불러요."

"그래, 다포딜. 왜 농사를 짓지?"

"먹고살아야 하기 때문이죠. 그것도 모르세요?"

다포딜이 한심하다는 얼굴로 되물었다. 물론 모르는 것은 아니다. 단지 데샤드는 이미 다 자란 작물을 그저 돈을 주고 사는 행위만 했을 뿐이다. 먹기 위해서는 그저 돈을 벌어서 그걸로 물건을 사면 되었다.

그런데 농사라니.

데샤드의 알 수 없는 시선을 받으며 다포딜은 그에게 작업복을 넘겼다. 호미, 곡괭이, 삽. 데샤드가 시선을 돌려 데카르트를 바라봤다. 이미 땅을 갈 준비를 마친 코끼리가 뭐 하냐는 듯 데샤드를 바라봤다. 그가 처참한 시선으로 그것들을 보다가 고개를 들어 올렸다.

남대륙의 하늘은 맑았다.

멀리서 새소리가 들렸다. 뾰로롱, 삐로로로. 도무지 단어로 표현할 수 없는 아주 아름답고, 청명한 소리였다. 그건 데샤드의 기분과는 영 딴판이었다. 새는 데샤드의 기분을 고려하지 않은 채, 그저 구애를 하는 건지 먹이를 찾는 건지 알 수 없는 소리로 울어댔다.

"전 어렸을 때 제가 제일 현명하다고 생각했어요."

퍽, 하는 소리와 함께 땅이 파였다.

삐약삐약, 병아리처럼 말을 해대는 다포딜과는 달리 데카르트는 말없이 쟁기를 이끌었다. 그렇게 생각하던 데샤드는 뭔가 잘못되었다는 듯 고개를 저었다. 코끼리는 당연히 말을 못했지. 더워서 정신이 나간 건지도 몰랐다.

다포딜은 데카르트를 뒤따르며 땅을 갈고 있었다. 그녀가 허리를 들어 올려 하늘을 바라봤다. 청명하고 아름다운 하늘이었지만 데샤드의 눈에는 노랗게 보였다.

"하늘 아래 저만큼 똑똑한 사람은 없다고 생각했죠. 아, 아니다. 할머니가 있구나. 그러면 두 번째, 아니, 아니에요. 제 또래에서요. 젊은 사람들과 비교했을 때, 농경사

회의 환상이나 다를 바 없는 지혜로운 노인들을 제외하고 말이에요."

다포딜이 이어서 말했다. 데샤드가 숨을 내쉬며 허리를 폈다. 땀이 비 오듯 쏟아졌다.

"하지만 세상은 넓고 또 넓었어요. 저는 오만했고 자만했죠. 그 상태에서 처음 헤이즈먼을 만났어요. 그 망할 인간이 방랑벽이 심하거든요. 진작에 만났어야했는데 전 아주 늦게 만났죠. 사실 별로 좋아하는 사람은 아닌데 만나서 다행이긴 했어요."

하늘은 맑고 푸르르기 짝이 없었다.

여기는 어디이고, 나는 누구인가.

데샤드가 생각했다. 다포딜이 그도 알고 있는 남자에 대해 이야기했지만 귀에 들어오지 않았다. 생각할 겨를조차 없었다.

"헤이즈먼을 만나고 나서 세상의 더 많은 것을 알게 되었죠. 제 세상이 그렇게 좁은지 몰랐어요. 단순히 이 초원과 숲, 마을만 있는 줄 알았죠. 원래 사람들은 자신이 본 세계 속에서만 살잖아요. 마을에서 전 현명한 사람 중 하나였어요. 첫 번째는 할머니였고, 두 번째는 저였어요. 촌장님은 세 번째죠. 어쨌든 저는 현명한 세 사람 중 한명이었어요. 다른 누구에게도 침범 받지 않는 모두가 인정하는 똑똑한 사람! 근데 저보다 더 현명한 사람을 만난 거죠. 세상에. 내가 그 세 손가락에 들어가지 못할지도 모른다는 공포감을 처음 느낀거예요."

다포딜이 말을 이었다.

"그런데……. 어허! 더 열심히 하지 못해요?"

그 말에 데샤드가 들고 있던 삽을 바닥에 떨어뜨렸다. 일부러 그런 것인지, 힘이 빠져서인지 모르겠지만 그렇게 떨어진 삽이 바닥에 푹 하고 박혔다. 조금이라도 잘못했다간 그의 발이 찍혔을지도 몰랐다.

"못 해!"

데샤드가 소리치며 땅 위에 벌렁 누워버렸다.

"왜 농사를 지어야 하는 거야? 못 해, 날 죽여!"

"정말 죽고 싶어요?"

다포딜이 눈을 동그랗게 뜨며 물었다. 너무 아무렇지도 않게 말을 하는 모습에 잠시 데샤드가 멍하니 다포딜을 바라봤다. 다포딜이 차분하게 말을 이었다.

"죽고 싶으면 나중에 죽어요. 곱게 죽여드릴게요. 전혀 아프지 않게 죽을 수가 있어요. 저에겐 대대로 내려오는 지혜가 있거든요. 그리고 이왕 죽을 거라면 일단 그전에 당신의 삶을 세상의 이바지에 좀 쓰세요. 세상엔 좋은 일이 많은걸요. 농사 같은 거 말이죠!"

데샤드가 끄응, 소리 내며 몸을 일으켜 땅 위에 앉았다. 그리곤 다포딜을 바라봤다.

"왜 하필 농사인데?"

그가 물었다.

"농부는 세상에서 가장 위대해요."

다포딜이 말하며 쟁기를 손에서 내렸다. 데카르트가 기똥차게 알아듣고는 코를 몇 번 흔들더니 쉬려는 듯 움직였다. 다포딜이 바닥에 주저앉으며 옆자리를 툭툭 쳤다. 옆에 앉으라는 손짓에 흙이 옷에 잔뜩 묻을 것이란 생각을 했지만 이미 한차례 땅 위에 드러누웠으니 더 지저분해질 것도 없었다. 게다가 이 옷은 그의 옷도 아니었다.

데샤드가 다시 끄응, 소리를 내며 몸을 일으켜 그녀의

옆에 앉았다. 다포딜이 웃으며 머리 위로 손짓을 한번 하자, 맑은 하늘에 그늘이 생겼다. 아무것도 없던 머리 위에 커다란 구름이 꼈다. 이거 봐, 이러니 마녀라고 생각하지 않을 수 있겠는가.

"먹지 않고 살 수 있어요?"

그가 어떤 생각을 하는지는 알지 못한 채, 다포딜이 바로 이어 말했다.

"노예든, 평민이든, 귀족이나 왕족이라도, 하다못해 황제라도 먹지 못하면 살 수 없어요."

데샤드가 말없이 그녀를 바라봤다. 그건 틀린 말이 아니다. 사람은 먹어야 살 수 있으니까.

"농부는 이 세상의 모든 사람들을 먹여 살리는 사람들이죠. 그것만큼 위대하며, 세상에 이바지하는 직업이 어디 있다는 건가요?"

위대한 직업이라는 말에 순간 데샤드의 머릿속에 황제, 사제가 떠올랐다. 아니면 영웅? 그래. 영웅도 위대한 직업이기는 했다. 사실 데샤드의 사고방식으로는 농부가 위대하다는 것은 말이 되지 않았다. 농부는 하층의 직업

중 하나였다.

"『신관지침서』에 보면 대부분 자신의 삶을 세상에 이바지하겠다면서 신전에 몸을 바치더군요. 사실 사제는 어쩔 수 없으니까 그렇다 치는데 신관은 좀 이해가 안가요. 그들은 신의 선택을 받은 몸이 아니에요. 스스로 신의 밑으로 들어간 거죠. 그래서 그들이 신을 위해서 하는 일이 뭘까요? 무엇을 봉사하나요?"

"어, 글쎄."

데샤드가 말 끝을 흐렸다. 그는 신관도 사제도, 그러한 직업을 둔 이들도 알고 있지 않아서 그들이 무엇을 하는지 알지 못했다. 그건 그거고 왜 계속 신관을 물고 늘어지는 걸까, 데샤드가 생각했다. 요새 다포딜은 헤이즈먼이 보내온 『신관지침서』에 빠져 그 책을 몇 번이고 정독하고 있는 중이었지만 데샤드가 그것을 알 길은 없었다.

"그들이 백성을 널리 살피나요? 아뇨. 그건 왕족과 귀족들의 의무죠. 그들이 백성들을 위해 기도를 한다는 말을 하지 마세요. 기도를 한다고 하늘에서 곡식이 떨어지는 건 아니거든요. 그들은 기부를 받고 살아가요. 그들이 먹는 건 어디서 오는 걸까요? 직접 농사를 짓나요? 아뇨, 그들은 기도를 해준 값을 받고 곡식을 사서 먹어요. 그 곡식은 어디에서 온다? 농부가 농사를 짓습니다!"

다포딜이 데샤드의 손을 낚아채며 쥐었다. 데샤드가 놀라 손을 빼려고 했지만 그녀의 악력이 굉장히 강해 어떠한 것도 할 수 없었다. 다포딜이 말을 이었다.

"신의 봉사자들은 누가 먹여 살린다? 물론 농부. 황제는? 당연히 농부. 저는 누가 먹여 살린다? 농부! 그래요, 농부예요. 그렇다면 농부는 누굴까요? 바로 당신이죠."

납득하던 데샤드가 그 순간 재빠르게 눈을 흘기며 다포딜을 바라봤다. 농부가 누구라고? 마치 못 들었다는 듯 말이다. 다포딜은 그 시선을 무시한 채 자리에서 일어났다.

"그러니 열심히 땅을 파도록 합시다. 저 거친 땅을 다 골라야 맛있는 것을 심어요. 올해는 토마토를 심고 싶어요. 신선하고 맛있는 토마토, 서쪽 땅에서 온 토마토! 생각만 해도 좋다."

다포딜이 말하며 흙이 묻은 작업복을 털었다. 바지 뒤편, 무릎, 손까지 탁탁 털며 일어선 다포딜이 데카르트를 바라봤다. 편안하게 휴식을 취하던 데카르트가 코와 꼬리를 털며 섰다. 데샤드도 같이 자리에서 일어서며 손을 털었다.

"저기, 다포딜. 죽겠다는 말은 실수야. 난 살고 싶어."

"그쵸? 어쨌든 저승보다는 이승이 좋대요. 오크 부락 속 철창에 갇히는 한이 있어도 말이죠."

그녀가 말하면서도 이 말이 맞나 생각했다. 오우거 똥밭에 구른다는 표현이었던가. 알 수 없었다.

"그 정도면 저승이 더 나을 거야."

데샤드가 이어 말했다. 오크 부락의 철창에 갇히는 건 곧 죽음을 의미하는 거니까. 차라리 곱게 죽는 편이 훨씬 낫겠지.

"어쨌든 살려면 먹어야죠. 일하지 않는 자, 먹지 말라."

다포딜이 말하며 삽을 들어 올렸다. 데샤드가 처참하게 일그러진 얼굴로 삽을 받아 들었다. 그런 그를 보며 데카르트가 코를 흔들었다. 저 요망한 코끼리가 자신을 비웃는다고 데샤드는 생각했다. 물론 데카르트가 그를 비웃었는지 비웃지 않았는지 오로지 데카르트만 알 것이다. 데샤드가 삽으로 땅을 파기 시작했다. 왜 이러고 있는지 그 스스로도 알지 못했다.

* * *

다포딜이 룰루랄라 콧노래를 부르며 어제 점을 봐주고 받은 달걀을 꺼내 들었다. 사실 그녀는 농사를 짓지 않아도 살아갈 여력이 되긴 했지만 그러기엔 하루가 너무나도 무료했다. 특히 건기는 더더욱 그렇다.

첫 번째 비가 오고 봄이 시작되는 순간이 되면 자라나는 생명들의 활기찬 모습을 보고 그들과 떠들고 대화하며 즐겁게 지내겠지만, 겨울이 막 지난 건기는 너무나도 조용하고 고요하다. 다른 대륙에서는 겨울을 죽음에 비유한다는 말을 했다. 그러나 이곳은 건기가 그러한 느낌이었다.

메마른 풀들, 겨울까지는 그럭저럭 먹고 살 수 있겠지만 이때에는 살기가 힘들다고 할 지경이었다.

그러나 다포딜은 현명했고, 그녀의 현명함을 팔아 어떻게든 연명할 수 있었다. 단지 지루할 뿐이다. 지금 땅을 갈아두면 첫 번째 비가 내리고 만물이 돋아날 때 더욱 편하게 일할 수 있었다. 달걀을 꺼내 테이블 위에 올려둔 다포딜이 창가로 다가가 마른하늘을 바라봤다.

"여전히 날이 춥네."

다포딜이 말했다.

데샤드는 이해할 수 없는 말이었다. 농사라는 것을, 아니, 삽질이라는 것을 처음 해본 데샤드는 그저 축 늘어져 올라오는 열을 식혀야만 했다. 언젠가 이 경험을 글로 써주리라 생각하면서 말이다. 사실 그가 한 것은 농사의 축에도 들어가지 않았지만 도시남자 데샤드는 짧은 인생에는 이것이 가장 큰 육체노동이었다.

멋대로 라탄으로 만든 벤치에 늘어진 데샤드를 바라보던 다포딜이 검지로 입을 막으며 조용히 데카르트를 불렀다. 데카르트가 코를 흔들며 다가왔다. 그가 움직일 때마다 마룻바닥이 울리는 소리가 났다. 물론 피곤에 찌든 데샤드는 그런 것에 신경 쓰지 않았다. 다포딜이 젖은 천을 그의 코 위에 올려줬다. 데카르트가 알아차렸다는 듯이 코를 흔들었다. 다포딜이 "이 현명한 녀석!" 하고 외치며 데카르트의 얼굴을 잡고 두어 번 뒤흔들었다.

다포딜이 주방에서 울라뮬라와 꿀을 꺼내 주스를 만들기 위해 즙을 짜고 동시에 달걀을 그릇에 깨뜨렸다. 갈색 가루를 뿌려 비린내를 제거하고 휘휘 저었다. 데카르트가 데샤드의 얼굴 위에 물에 젖은 천을 재빠르게 올렸다. 데샤드가 놀라서 반쯤 일어서다 눈앞에 보이는 코끼리에 긴장을 풀었다. 그 모습을 보며 다포딜이 깔깔 웃었다. 데카르트도 즐겁다는 듯 코와 꼬리를 흔들었다.

다포딜이 내려놓은 주스 잔을 받아 든 데샤드가 나쁘지 않은 색깔에 한 모금 들이켰다. 여기서 이렇게 여유롭게 해주는 식사를 먹고 있어도 되는 건가 싶지만 아직 그들의 봄이 오기에는 멀었다고 하니 어쩔 수 있나. 더불어 하루 종일 땅을 고르느라 힘도 없는 터였다. 그가 입맛을 다시며 잔을 내려놨다.

"독특한 맛이 나는데."

"사디카예요."

"사디카?"

데샤드가 되물었다. 사디카라는 이름은 들어본 적이

없었다.

"다른 대륙에선 비쿼바 아쿠라고 부르더군요. 우린 사디카라고 불러요."

다포딜이 말하며 음식을 내려놓았다. 접시 두 개, 샐러드가 담긴 큰 그릇 하나, 그리고 떠먹을 수 있는 그릇 두 개였다. 테이블 위에 내려놓은 접시를 데샤드가 정리했다.

"참고로 그건 정화의 음료예요. 당신 몸에 지금 탁한 것이 가득 차 있어서 지금 당장 문이 열려도 내가 해줄 수 있는 게 없어요. 일단 몸부터 깨끗이 해야 하기 때문에 매일 마셔야 할 거예요. 사실 효과가 더 좋은 게 있긴 한데 그건 끔찍하게 맛없거든요."

다포딜이 말을 이으며 행주로 손을 감싼 뒤 작은 솥을 들어 테이블 위에 올려놨다. 무쇠로 만든 것인지 무거운 소리가 났지만 커다랗지는 않았다. 세 개의 발이 달린 솥에는 국자가 들어 있었다. 내부를 슬쩍 바라보던 데샤드가 말했다.

"토마토 스튜네."

이틀 전에 그녀에게 지혜를 빌리러 온 사람은 토마토를

들고 왔었는데 그때 다포딜은 굉장히 기뻐했다. 토마토를 좋아한다는 것을 한눈에 알 수 있을 정도였다. 그녀는 몇 가지 열매를 골라냈다. 이것을 심을 거라나 뭐라나. 그 미래의 토마토 밭을 위하여 데샤드는 하루 종일 땅을 일궈야 했다.

무쇠 솥 안의 스튜는 아직 펄펄 끓고 있었다. 이렇게 뜨거운 음식을 바로 먹는 습관이 없어서, 다포딜이 그릇에 음식을 덜어주어도 데샤드는 손을 대지 못한 채 음식이 식기를 기다렸다. 그가 가만히 그릇을 바라보다 말했다.

"고기가 들어 있군."

"고기를 안 먹을 줄 알았나요?"

그의 말에 다포딜이 되물었다.

"환경보호론자 같아서."

"환경보호론자가 고기를 먹지 않는다고 생각하는 건 편견이에요."

"하지만 정화를 해야 한다고 하지 않았나?"

데샤드가 알 수 없다는 얼굴로 말하자 다포딜이 되레 의아하다는 듯 대답했다.

"해야 하지만, 정화를 한다고 꼭 고기를 먹지 말란 법은 없잖아요? 죽은 생물의 살점을 나눠 받는 것이 문제는 아닌걸요. 다른 곳은 고기를 먹지 않나요?"

다포딜이 말했다. 그러고 보니 그녀가 요새 밤마다 읽고 있는 책에 그런 말이 있었다. 신관들은 웬만하면 고기를 먹지 않는다고 기재되어 있다. 다포딜은 그것을 보며 의문을 가졌다. 다포딜이 데샤드를 바라봤다. 그가 신관이었다면 이런저런 이야기를 나눌 수 있었을 텐데, 아쉽기 짝이 없다. 다포딜이 말했다.

"육류는 인간에게는 꼭 필요한 존재죠. 육류는 독이 아니에요. 육류가 독이었다면 인류가 수천 년 동안 죽지 않고 살아남았을 리 없죠. 다른 대륙은 요새 성장마법을 사용한 식물을 먹이고 성장마법으로 키운 고기를 만들어낸다면서요? 게다가 무분별하게 키우고 죽이고. 그거야말로 독이 될 것이 분명하긴 해요. 가축에게도, 사람에게도, 세상에게도. 하지만 이곳에선 그런 일이 없으니까 상관없어요."

다포딜이 말했다.

"근데 정말 성장마법으로 동물들을 길러요?"

그녀가 다시 묻자 데샤드는 고개를 끄덕였다. 물론 그것으로 기르지 않는 동물들도 있었다. 하지만 그들의 고기는 굉장히 비쌌다. 왜 그렇게 비싼가 알 수 없었지만 고기의 동물권을 위해서 최대한 예의 있게 보내주며, 그 값이 꽤 든다는 말이 있다. 혹자는 은퇴한 사형집행인이 목을 벤다고 한다.

"그러면 더 맛이 없어지는데 왜 그럴까?"

데샤드의 답에 다포딜이 이해할 수 없다는 표정을 지었다.

"어쨌든 채식주의자가 있는 반면 탐식가도 있는 거예요. 무엇이 옳고 그른지는 우리가 판단해선 안 되는 거죠. 또한 다른 이에게 강요해서도 안 돼요. 생명은 원래 생명을 먹이로 삼아서 살아가는걸요? 콩이든, 달걀이든, 살아가려면 무언가를 희생시켜야 하죠. 채식만을 고집하는 사람은 생명에 대한 차별을 하는 거라고요. 동물도 식물도 모두 생명을 지니고 있어요. 움직이지 않는다고 그들이 고통받지 않는다는 이야기는 하지 말아요. 식물들도 아픔을 알아요. 생명체잖아요. 동물과 똑같은 반응을 해요. 단지 인간의 귀에 들리지 않을 뿐이에요."

다포딜이 말했다. 사실 그러한 소리가 귀에 들린다면 오히려 채식을 하지 못할 것이다. 이미 가공되어 나온 동물들은 적어도 소리를 지르지 않지만 신선한 상태의 식물들을 요리할 때에는, 그 형태가 온전히 남아 그들의 아픔을 느끼게 된다. 그건 굉장히 끔찍한 일이었다. 그래서 음식에게 항상 감사하는 마음을 가져야 했다.

"『신관지침서』에 보면, 신관들은 웬만하면 채식을 하지만 그들은 가죽으로 된 성서를 읽는다더군요. 진짜 가죽이요. 세상에, 가죽은 동물을 희생시키는 것이 아닌가요? 전 채식을 주장하면서 가죽으로 된 장신구를 한 여자를 본 적이 있어요. 얼마나 모순적인지 알아요?"

그녀의 말에 데샤드가 고개를 저었다.

"환경보호협회에 가끔 참석하거든요. 꽤 재밌는 사람들이 많아요. '왜 이런 사람이 여기 있지?' 하는 사람들도 있고."

데샤드가 고개를 끄덕였다.

'왜 이런 사람이 여기 있지?'라는 생각은 그녀를 보는 다른 사람들도 분명히 할 것이다.

그전에 이런 작은 마을에 환경보호협회가 있는 건가?

데샤드가 알 수 없다는 눈으로 다포딜을 바라봤다. 하지만 다포딜은 눈치가 빠르지 못했고, 눈치가 빠르더라도 대답을 해주지는 않았을 것이다. 그녀는 데샤드를 신경 쓰지 않은 채 자신이 할 말을 이어나갔다.

"그리고 육류가 부족하면 몸의 자연적 방어체계가 무너지는걸요. 채식이 좋다는 건 물질에 대한 기초지식 부족에서 비롯된 이야기죠. 게다가 전 미식가예요. 육류를 멈출 수 없단 말이에요."

그러면서 앞에 놓인 음식에게 "고마워." 하고 그녀가 인사했다. 꽤 이상한 모습이었지만 데샤드도 같이 "고맙습니다." 인사를 했다. 그 인사에 다포딜이 다시 웃음을 터뜨렸다. 옆에서 데카르트가 코를 움직여 다포딜을 툭툭 쳤다.

다포딜이 잊었다는 듯 그의 코에 사과 하나를 쥐여 주었다.

"그런 의미에서 오늘의 식사는 오믈렛과 샐러드, 고기 스튜예요. 참고로 달걀은 정말 신비하고 좋은 거죠. 아세요? 삶은 신성한 알에 의해 만들어졌다고 하잖아요. 드 밀류의 어떤 여신은 알로 하늘과 땅을 만들었죠. 대부분의 모든 세계에서 보이는 여신도 알과 관련되어 있어요. 남대륙의 여신 마고 역시도 알로써 세상을 창조했다고 하죠. 껍질은 땅, 둘러싼 막은 하늘, 노른자는 불, 흰자는 물. 게다가 알이 부화하는 것은 생명의 탄생을 말해요. 남대륙에서 내려오는 전통 이야기죠. 마고의 알!"

그녀가 말하며 식기를 들어 올렸다. 오믈렛과 샐러드, 스튜. 좋은 배합이었다. 데샤드도 마찬가지로 식기를 들었다. 많은 이야기를 들어온 것은 아니지만 그래도 식견이 꽤 있다고 생각했는데 마고의 알이라는 이야기는 처음 들었다. 데샤드가 말했다.

"많은 것을 알고 있군."

"전 현명한 자거든요."

다포딜이 답했다.

"다른 이야기도 해드릴까요? 오래전 서대륙의 여성은 남편이 보는 데에서 알을 먹지 못한다는 거 알고 있어요? 외설적으로 보인다고 말이죠. 남대륙 서부에서는 불임 치

료에 쌍란을 사용한대요. 북대륙에서는 아이가 마법에 걸린 것 같으면 호수에 알을 던져서 상황을 파악했는데, 알이 가라앉으면 마법에 걸렸다는 의미예요. 드 밀류 상인들은 사업이 부진하면 아침 일찍 소금과 알을 들고 교차로에 가서 주문을 외우고 소금과 함께 알을 깨뜨렸죠. 그걸 집으로 가져와 불에 태우면 사업이 다시 부흥하게 돼요. 드 밀류의 상인들은 천재였어요. 그건 정말 효과적인 주술이거든요."

그녀의 말에 데샤드가 믿지 못하겠다는 표정을 지었다.

"하지만 진실이에요."

다포딜이 말했다.

많은 사람들이 잊고 있겠지만 다포딜는 점술사이자 주술가이다.

4

늦은 밤이었다. 땅을 일구느라 고생했던 날로부터 며칠의 시간이 더 흘렀다. 아니, 며칠보다 조금 더 많은 시간이 흐른 듯했다. 데샤드는 점점 이곳에서의 생활에 익숙해졌다.

그동안 다포딜에게는 수많은 사람들이 찾아왔다. 데샤드는 그녀의 말을 이해할 수는 없었다. 그녀는 하늘을 보며 운을 말했고, 나무 조각을 굴려 예언을 했다.

"며칠 뒤에 첫 비가 내리겠어요. 서서히 준비를 해야 하는데……."

다포딜은 하늘을 바라보더니 말했다.

데샤드가 다포딜을 바라봤다. 준비를 해야 된다는 것이 어떠한 의미인지 알 수 없었다. 이곳에 온 지 2주가량 더 지났고 날이 점점 따뜻해지는 것이 체감으로 느껴졌다. 느긋하고 여유로운 삶이 지속되면서 나태해진 기분도 들었다.

데샤드가 라탄으로 된 벤치 뒤편으로 쿠션을 잔뜩 깐 뒤 눕듯 기대었다. 그의 손에는 책이 들려 있었다. 이런 외진 곳에서 어떻게 이렇게 많은 책을 들여놨는지 알 수 없지만 어떤 침대도 소파도 없는 방, 책장만 가득한 방은 서재의 용도인지 수많은 책의 탑 이외에는 어떤 것도 없었다.

데샤드는 『동대륙 북부 고대의 신들』이라는 책을 펼쳤다. 동대륙 출신인 그도 처음 보는 책이었다. 물론 그가 동대륙 서부 출신이라 그런 것도 있겠지만 말이다. 책의 서문을 대충 훑은 데샤드가 바로 본문을 펼쳤다.

처음에는 태양의 이야기로 시작이 되었다.

* * *

데샤드가 신비로운 동대륙 북부의 태양신에 대한 이야기를 읽고 있을 때 다포딜은 데카르트를 위한 사과 간식을 만들어주기 위해 밖으로 나왔다. 나무로 된 작은 사다리를 나무에 세우고 과일을 하나둘 따던 다포딜이 아주 우연히 하늘을 바라봤다. 우연히라는 것을 붙인 것은 전혀 그럴 의도가 없었다는 의미다. 왜 그녀가 하늘을 봤는지 그녀 스스로도 알지 못했다.

"위쉬캄바."

다포딜이 말했다.

"그리고 킨스투가나?"

그러나 그것은 아주 좋은 우연이었다. 우연인지 필연인지 어떻게 알겠느냐마는, 그 순간 다포딜은 오늘 무엇을 해야 하는지, 무엇이 도움이 되는지 알게 되었다. 다포딜이 낮은 사다리에서 폴짝 뛰어내렸다. 손에 들린 사과 바구니를 내팽개칠까 했지만, 친절한 사과나무가 그녀를 위해 맛있게 열매를 맺은 것에 대한 예의가 아니라는 생각에 끌어안고 집으로 뛰어 들어갔다.

오늘은, 예언을 위한 날이었다.

다급하게 뛰어 들어오는 다포딜을 바라보던 데샤드가 책을 접었다. 그 뒤로 데카르트가 쿵쾅쿵쾅 계단 오르는 소리가 들렸다. 다포딜이 다급하게 안고 있는 바구니를 주방 식탁에 내려놨다. 작은 마찰 소리에 데샤드가 눈살을 찌푸렸다. 다포딜은 물통에 담긴 물을 떠서 손을 씻었다. 그리고 찬장을 재빨리 열어대며 무언가를 찾기 시작했다. 데샤드가 말했다.

"이봐, 그거 알아? 동대륙에서는 푸른 벽옥을 가지고 하늘에 제사를 올리고……."

"황색 종을 가지고 땅에 예를 올렸다! 알아요! 어서 이리 와서 앉아 봐요, 데샤드!"

다포딜이 마침 적절한 것을 찾았는지 그것을 끄응, 소리 내어 들어 올렸다. 그리고 반짝이는 유리그릇을 테이블 위에 올려놨다. 유리인가? 데샤드가 생각했다. 유리를 저렇게 두껍게 만들어낼 리 없었다. 그러나 그것은 아주 투명하고 순수했다. 유리나, 그래. 수정처럼. 수정? 데샤드가 되짚었지만 그럴 리 없다고 생각하며 벤치에서 일어섰다.

"왜, 무슨 일인데 그래?"

데샤드가 물었다.

다포딜은 그의 말을 듣지 못했다는 듯 또다시 점술도구를 놔둔 곳을 뒤적거렸다. 서랍 위를 뒤지고, 서랍 안쪽을 찾아보던 그녀가 또 무언가를 찾았다는 듯 환한 얼굴로 테이블로 다가왔다.

작은 유리병이었다. 까만 색 병인가 싶었던 것은 안에 담긴 잉크 때문이었다.

다포딜은 거기에 그치지 않고 촛대와 초를 들고 테이블로 다가왔다. 겸사겸사 그녀의 나무 조각들과 함께.

다포딜이 촛대와 유리 그릇의 위치를 선정한 뒤 데샤드가 서 있는 곳 앞에 자리했다. 다포딜이 수정 그릇에 손을 올렸다. 차가운 기운이 손으로 퍼져 나오는 듯했다.

데샤드는 모르겠지만 그건 순수한 수정이었다. 가격은 꽤 비쌌지만 아주 오래전부터 아쉐에게 내려오는 것이었기에 다포딜도 금액을 몰랐다. 수정 그릇은 이름과 피와 함께 물려받은 것이었다. 하지만 이것은 굉장히 힘이 깊어 웬만하면 잘 쓰지 않는다. 오늘 같은 날을 제외하고 말이다. 그릇에 서서히 물이 차올랐다. 아주 적절한 날이었다.

데샤드는 놀란 얼굴로 다포딜을 바라봤다.

"너 정령사였어?"

"주술사예요."

"그건 주술이야?"

"아뇨. 정령이요."

다포딜이 대답했다. 데샤드가 입을 다물었다.

그녀가 말을 이었다.

"여긴 멀어서 물을 떠오기 힘드니까요. 어렸을 때 헤이즈먼한테 부탁해서 물의 정령과 계약을 할 수 있도록 했죠. 요즘은 땅의 정령과 계약을 하는 것이 목표예요. 땅 가는 것이 힘들어서."

그녀가 말하며 손끝에서 작은 불꽃을 일으켰다.

데샤드가 다시 놀란 얼굴을 했다.

"그리고 마법도 좀 할 줄 알아요. 불 피우는 거랑 물을 얼리는 마법이랑 축소마법?"

다포딜이 말하며 검지로 양쪽에 자리 잡은 초에 불을 붙였다.

데샤드가 표정을 일그러뜨렸다. 주술사에 정령을 다룬

다. 거기에 약간의 마법. 뛰어난 실력을 가진 마법사는 아니었지만 여러 가지를 한꺼번에 할 수 있는 사람은 드물었다. 사람이 가진 마법의 재능에는 한계라는 것이 있었다. 일부 사람들은 한계를 뛰어넘기도 하지만 말이다. 그녀는 그런 종류임이 틀림없었다. 도대체 왜 이런 촌구석에 그녀 같은 사람이 있는 것일까, 데샤드가 생각했다.

"중요한건 그게 아니에요, 데샤드."

다포딜이 말하며 작은 유리병의 뚜껑을 열었다. 안에서 검은 잉크가 찰박 소리를 냈다. 잉크는 마치 살아 움직이는 것처럼 스스로 쑤욱 병 밖으로 일어섰다. 데샤드는 꾸물거리는 액체를 끔찍하다는 얼굴로 바라봤다. 그러다가 잉크 병 표면에 적힌 글씨를 발견했다.

공용어로 「사탕가게 마법상점」이라고 쓰여 있다.

'사탕가게라는 거야, 마법상점이라는 거야.'

알 수 없었다. 모든 것이 의문투성이였다.

잉크는 물이 차오른 그릇 안에 제 몸을 내던졌다.

통, 통, 통, 물결의 표면에 물결이 일며 서서히 퍼져나간다. 잉크는 알 수 없는 독특한 문양을 만들어냈다.

"오늘은 예언의 날이란 말이에요."

다포딜이 말했다.

"그게 뭔데?"

데샤드가 물었다.

다포딜이 말없이 창밖을 가리켰다.

데샤드가 창밖으로 시선을 돌렸다.

아직 만물의 소생 따위는 느껴지지 않는, 얼핏 약간의 푸르름도 올라오지 않았지만 어쨌든 봄을 맞이할 준비를 끝낸 드넓은 평야가 보였다. 그 너머 드문드문 존재하는 나무들.

낮에는 무리 지어 지나가는 동물들이 보이곤 했던 그 평야는 지금 고요하기 짝이 없었다.

가끔 들리는 새소리와 바람소리, 가끔 작은 대지의 진동이 느껴지는 평화로운 땅, 그리고 맑은 하늘.

별이 수놓인 맑은 밤하늘에 구름이 낀 것이 눈에 들어왔다.

데샤드가 다시 시선을 다포딜에게로 돌렸다.

"하늘엔 많은 별들이 있어요."

다포딜이 말했다.

"별들은 우리 삶에서 영혼이 제대로 나아갈 수 있도록 도와줘요. 사람과 별은 서로 연관되어 있거든요. 굳이 사람뿐만 아니에요. 식물, 동물, 우리가 사는 이 전체 모든 것에 대한 것은 하늘에 모두 반영이 된다고 해요. 그 반영된 것의 일부를 살펴 우리 삶에서 우리 영혼이 제대로 나아갈 수 있도록 돕죠. 그래서 현자들은 별을 읽는 법을 배웠다고 해요."

데샤드는 이해할 수 없었다.

다포딜은 항상 그러한 말을 하곤 했다. 그녀의 지혜를 빌리러 오는 사람들에게도 그러한 말을 했었고, 책을 보다 모르는 것이 있어 질문을 하면 항상 저런 애매모호한, 그러나 혼자만은 스스로 알고 있는 확연한 무언가로 말을 해주었다.

하지만 이상하게도 그녀가 말해주는 것들은 당시에는 이해가 갔다. 마치 다포딜의 생각과 인식이 그대로 자신의 머릿속에 들어오는 것처럼, 그녀가 끼치는 영향력이 데샤드에게 미쳐 모르는 것을 알게 했다. 하지만 시간이 지나면 그 언어들은 다시 알 수 없는 신비 너머로 사라진다.

데샤드는 그것이 이해가 가지 않으면서도 이해가 갔다.

"별이 인간에게 지도의 역할을 하는 것은 사막에서 뿐만이 아니에요. 우리의 삶에도 그것이 나타나죠."

다포딜이 말을 이었다.

"고대 현자들의 지혜입니다."

고대인, 현자, 그 지혜를 계승하는 사람처럼 다포딜이 말했다. 데샤드는 말없이 그녀를 바라봤다. 여기서 어떠한 말을 해야 할지 알 수 없었다. 단지, 이대로면 충분하다고 그도 신뢰하지 못하는 본능이 말을 하고 있었다.

Chapter 2

꿈의 도둑

1

"이건 당신의 꿈을 훔쳐 간 페어리가 누구인지 알 수 있다는 뜻이에요."

다포딜이 말했다.

"그러니까 어서 자리에 앉아주세요."

그 말에 데샤드는 얌전히 자리에 앉았다.

잉크가 퍼진 그릇에 서서히 검은 그림자가 드리웠다. 다포딜은 말없이 다르륵다르륵 나무 조각을 섞었다.

이상했다. 평소와 다를 바 없는데도 평소와 다른 기이하고 이상한 기분이었다. 아래쪽부터 무언가가 올라오는 것 같았다. 발끝을 타고, 척추를 지나, 머릿속으로 파고드는 것처럼.

그가 인식하지 못하는 세계가 마치 환영이라도 해주는 것처럼 자신의 존재를 읽을 수 있도록 해주는 것 같지만, 한편으로는 이방인이 된 것 같은 기분도 들었다.

데샤드가 창밖을 바라보자 평소와는 다른 시야가 펼쳐졌다.

평소와 같았지만 묘하게 밖이 좀 더 맑게 보였다. 그가 있는 공간이 흐린 공간이라고 느껴졌다. 정확히는 무언가가 가득 차올라 흐린 것처럼 느껴졌다. 그러나 그의 시각에는 어떠한 것도 인지가 되지 않았다.

다포딜이 나무 조각 몇 개를 뒤집었다.

무엇이 즐거운지 알 수 없는 콧노래를 부르며.

"봄날의 박쥐 날개와, 그림자의 쐐기풀. 소년이여 울타리로 뛰어들어."

아쉐가 말했다.

마지막 나무 조각을 뒤집은 그녀가 그릇의 수면 위를 손가락으로 톡 쳤다. 수면에 얕은 파장이 일었다. 표면을 일렁이던 파장이 서서히 잠들었다.

"지하 세계의 과일을 취하라."

마지막 말이 이어지자 수정으로 된 그릇에서 은은한 빛이 흘렀다. 데샤드가 잘못 봤다는 듯 눈을 비비며 감았다 떴다. 그러나 빛은 사라지지 않았다. 다포딜은 말없이 턱을 괸 채 그 물속 너머를 바라보고 있었다. 은은하게 빛나는 검은 물, 그것이 담긴 투명한 수정 그릇. 통로와 그것을 받쳐줄 수 있는 힘이 만나 새로운 문을 만들어내고 있었다. 물론 데샤드의 눈에는 단순히 빛나는 물 정도로만 보이겠지만 다포딜에게는 어떠한 형상을 만들어냈다. 아름다운 공간. 공중에 떠 있는 그녀가 절대 밟지 못할 그들만의 세계가 보였다.

"글렌게일이라."

아름다운 물가가 보였다. 작은 폭포가 내리는 곳에 옹기종기 모여 있는 아기자기한 존재들의 소소한 움직임에 다포딜이 살짝 웃었다. 그 형상이 쫓는 페어리가 하나 있었다. 그녀의 발목에 작은 빛이 간직되어 있었다. 다포딜이 그 빛을 바라봤다.

* * *

    그가 잃어버린 모든 꿈이 저기에 있었다. 그쪽에 대해 조금 더 알아볼까, 생각하며 다포딜이 수면 위를 손가락으로 톡 내리쳤다.
    다시 파장이 일었다. 이미지는 점점 형상을 바꾸고 그녀가 원하는 방향을 비추었다. 익숙한 듯, 익숙하지 않은 동대륙어와 한 번도 가보지 않은 색다른 거리가 눈에 들어왔다.
    그 거리는 점점 시간을 거슬러 올라갔다. 사람들의 모습이 점점 빠르게 지나갔다. 지나가는 것인지 과거로 돌아가는 것인지 알 수 없는 연속적인 이미지가 보여 다포딜이 잠시 관자놀이를 문질렀다.
    서서히 그 시간의 빠르기가 줄어들고, 그날 밤이 보였다. 익숙한 얼굴, 지금보다 훨씬 젊어 보이는 얼굴이다. 저 때에는 살이 조금 붙어 있었군, 생각하며 다포딜이 데샤드를 바라봤다. 그것을 빼앗겨서 그런가, 왠지 초췌해 보였다.

"내일 맛있는 거 해줄게요."

"……그래."

뭔 일인지 모르겠지만 일단 그렇다고 하자.

대답을 들은 다포딜은 이제 더 이상의 흥미가 없다는 듯 그에게서 시선을 돌렸다.

수면 위, 빛나는 검은 물.

데샤드의 눈에는 아무것도 보이지 않았다.

도대체 저걸로 뭘 하려는 거야, 데샤드가 생각하며 다포딜을 바라봤다. 언제나 살짝 미소를 짓고 있던 여자는 오늘 이상하게 표정을 굳힌 상태였다. 다포딜이 손톱 끝으로 테이블 위를 내리쳤다. 딱, 딱 맞물리는 소리가 이상하게 무섭다는 기분이 들었다.

"2년 전부터라고 했나요?"

다포딜이 고개를 들며 말했다.

"정확히는 2년하고도 3개월 전이겠군요."

그 말에 데샤드가 모르겠다는 얼굴을 했다. 그에게 문제가 생긴 것은 2년 전이었다. 3개월은 도대체 어디에서 나온 숫자인가.

2년 3개월 전? 어제 한 일도 기억나지 않는 것이 사람이었다.

물론, 데샤드는 어제 일을 기억하고 있다. 어제도 땅을 팠다. 하지만 그건 가까운, 또 고되고 인상적인 일이었기 때문이다. 2년 3개월 전, 명확한 날이 있다고 하더라도 그 과거를 기억해낼 순 없었다. 데샤드가 모르겠다는 듯 고개를 저었다.

"2년 3개월 전 그날, 디안 두브 거리, 아시오르 강의 다리 위. 리쉬의 마지막 금요일 저녁."

하지만 다포딜은 확신하며 말했다. 그녀의 눈에는 그것이 보였다.

그날, 그 강, 그 거리. 반딧불처럼 반짝이는 작은 빛들은 그에게 호감을 보냈다. 그는 반짝이는 사람이었고, 그녀들이 좋아할 만한 사람이었다. 그가 제대로 대가를 줬다면 말이다.

"무슨 일을 했나요? 당신은 대가를 빼앗긴 거예요. 무슨 짓을 한 거죠?"

다포딜이 물었다.

"무슨 짓이냐니."

"정확히는 무슨 짓을 하지 않았냐고 물어야겠네요."

그녀의 말에 그가 더더욱 모르겠다는 얼굴을 했다.

"데샤드 트리누 씨."

다포딜이 말했다. 데샤드는 흠칫 놀랐다.

눈이 무언가 달랐다. 평소의 상냥했던 기세와는 다른 소름 끼치는 눈이었다. 소름 끼친다는 말은 예의에 어긋났음에도 불구하고 데샤드는 그것 말고는 달리 다포딜을 표현할 수 있는 것이 없다고 여겼다.

보는 시야가 다른 눈이었다. 서늘하고, 깊고, 흐렸다.

그 속에서 나오는 기세가 달라 무서움이 느껴질 수밖에 없었다. 그건 어디에서도 본 적 없는 눈이었다.

지혜를 파는 자가 저런 눈을 할 수 있다고? 모순이 느껴졌다.

눈은 사람을 구분할 수 있는 창문이다. 저 눈은 오래전에 만났던 늙은 용병의 눈과 비슷했다. 오랜 세월 피비린내를 맡으며 전장을 누비던 남자는 은퇴를 하고 조용한 술집을 하나 하고 있었지만 그 눈만큼은 무서웠다.

그의 오랜 친우는 그가 나쁜 사람은 아니라고 했지만 조심해야 한다고 언질을 해주었다. 모든 것을 꿰뚫는 눈, 지금 보는 다포딜의 깊은 눈은 20대 초반의 여자에게서 느낄 수 없는 것이다.

데샤드가 주춤 물러나려는 것을 다포딜이 잡았다.

붙잡힌 팔목 너머로 느껴지는 체온은 열기가 가득했다. 집은 평소와도 같았고 어떠한 다른 이상한 것도 보이지 않았다. 벌레 소리와 새소리가 들리지 않고 고요했지만 다른 것은 똑같았다. 그런데 왜 그녀가 무서워 보일까.

"전 사실 세상에 별로 관심이 없어요."

그래 보인다고 데샤드가 생각했다.

"모욕이나 비난이나 분노에 찬 주장에도 관심이 없고, 타락한 사회와 왕족의 분열, 몬스터들의 날뜀, 드래곤이 깨어나 세상이 종말이 온다고 해도 역시 상관이 없어요. 제 자유를 박탈하지 않으면 세상이 흘러가는 대로 그냥 살기를 원하죠."

다포딜이 이어 말했다.

"전 인간의 추악한 모습을 잘 알고 있어요. 그만큼 그들이 사랑스럽고 아름답고 촉촉하고 우아하다는 것도 알고 있지만요. 그래서 사람에 대해 판단하지 않아요. 도둑이든, 살인자든, 중독자든, 변태나 범죄자든. 위선자나 사기꾼이든, 현자나 성자나, 그런 것은 저에게 의미가 없어요. 그것이 위험하다는 것도 물론 잘 알고 있죠. 그래도 당신이 어떤 사람이든, 무엇을 하든 상관이 없어요. 그래서 당신에게 물은 것이라곤 이름뿐이었죠."

그 이상 물으면 민폐라고 생각하기도 하고, 다포딜이 작게 말을 이었다.

그러고 보면 그러했다. 데샤드는 그녀에게 이름, 나이, 왜 여기서 혼자 사는 것인가, 그 외 여러 가지 질문을 했다.

다포딜은 비밀이라고 말하는 것 외에는 전부를 알려줬다. 하지만 단 한 번도 그에게 무언가를 묻지 않았다.

"하지만 이건 꼭 물어야겠어요."

이것이 그녀의 두 번째 질문이었다.

"당신의 직업은 뭔가요? 페어리에게서 무엇을 받아 갔나요? 왜 아무것도 주지 않은 거죠?"

아니, 세 번째를 겸하여.

2

첫 번째 질문은 그의 이름이었다. 두 번째 질문은 방금 그 질문.

세 번째 질문은, 데샤드 역시도 답할 수 없는 무언가였다.

대답을 하기 싫어서가 아니라, 그 역시도 그가 무엇을 했는지 몰랐기 때문이다.

그날, 이상한 것은 없었다. 그가 받아 간 것은 없었다. 그는 오로지 빼앗기기만 한 사람이었다.

받아 갔다니, 무엇을?

말문이 막힌 데샤드가 다포딜을 바라봤다.

다포딜이 계속 말을 이었다.

"페어리는 당신에게 그것을 줬어요. 당신은 페어리에게 다른 것을 내주지 않았죠. 상냥하고 좋은 친구지만 욕심쟁이라 그들에게 조건에 해당하는 무언가를 해주지 않으면 화를 내요. 하지만 그녀들이 거창한 것을 원한 건 아닐 거예요. 보리이삭빛의 벌꿀주 한 잔으로도 만족하니까요."

"무슨 말인지 모르겠어."

"당신이 직업은 뭐죠? 2년 전에 당신에게 무슨 일이 있었나요?"

2년 전에 무슨 일이 있었냐고?

그제야 데샤드는 실마리를 찾은 기분이었다.

2년 전 쯤, 확실히 변화가 있었다.

"답해요, 데샤드."

"난……."

데샤드가 말했다.

어디서부터 이야기를 시작해야 할지 모르겠다. 하지만, 그가 기억하는 하나의 큰 기억은 있었다.

* * *

2년 전쯤의 큰 변화.

"난 안 팔리는 작가야."

데샤드가 말했다.

"아니, 정확히는 안 팔리던 작가였지."

그가 씁쓸한 얼굴을 했다.

"하지만 2년 전에 쓴 책이 엄청나게 팔렸지. 그것 덕분에 부자가 되었어."

그의 말에 다포딜이 신기한 얼굴을 했다. 작가라니, 책을 사랑하는 다포딜에게 그러한 직업군의 사람들은 굉장히 신비한 부류였다. 물론 객관적으로 대부분 다포딜의 직업이 더 신기할지도 모르지만 다포딜은 삶을 타인의 기준으로 사는 사람은 아니었다.

더 말해보라는 듯 다포딜이 고갯짓하며 의자에 푹 몸을 기대고 다리를 올렸다. 다리를 끌어안은 채 그를 응시하는 다포딜을 바라보며 데샤드가 다시 말을 이었다.

"어떻게 그것이 잘 팔렸는지 알 수 없어. 누군가가 대신

써준 것도 아니고, 평소에 구상했던 것이 이상하게 잘 풀렸지. 그 뒤로 이전의 책들 전부 판매량이 늘었고 난 적당히 이름 날리는 작가 중 하나가 되었어. 하지만 그걸로 끝이야."

"그걸로 끝이란 건 무슨 의미죠?"

"그래, 그날부터 글을 쓸 수 없어."

데샤드가 말했다. 다포딜이 미소 지었다.

빼앗긴 꿈, 그 뒤로 글을 쓸 수 없다.

"그거구나. 그래서 그랬구나."

다포딜이 말했다.

뭔가를 알면 혼잣말하지 말고 좀 공유하라니까. 데샤드가 불만스러운 눈으로 그녀를 바라봤다. 다포딜이 말했다.

"2년 전 책이 나온 게, 딱 2년 전 훼언이군요?"

"그건 그런데……. 어떻게 알았지?"

"글을 쓰는 데 3개월 정도 걸렸고?"

"그래."

데샤드의 대답에 다포딜이 다시 즐겁다는 듯이 웃었다. 그녀가 의자에서 다리를 내리고 테이블 가까이에 몸을 밀착했다. 그녀가 뒤섞인 나무 조각을 뒤집었다. 웃으면서 나무 조각을 바라보던 다포딜이 다시 몇 차례 다른 나무들을 뒤집었다. 저런 선의 나열로 도대체 뭘 알 수 있는지 모르겠지만 그녀는 전부 다 알았다는 얼굴을 한 채 데샤드를 바라봤다.

"빼앗아 간 건 그쪽 영혼이군요?"

"무슨 소리야?"

"가장 소중한 것을 빼앗는다, 괴팍한 아가씨들이죠."

그러니까 뭔가를 알게 되면 좀 같이 공유를 하자니까. 물론 공유를 하고 있기는 하지만 그건 데샤드가 알아들을 수 없는 말이었다. 그렇게 말한 다포딜은 이제 상관없다는 듯 손을 저으며 멀리, 창밖을 바라봤다. 누군가가 왔나, 혹은 동물 무리가 지나가나 생각하며 데샤드도 창밖을 바라봤다. 밖은 이전과 다를 바 없었다. 넓은 평야와 어두운 하늘, 나무 그림자. 푸른 구름이 얼핏 달무리에 걸쳐 있었다. 데샤드가 시선을 돌렸다. 다포딜은 여전히 그 창 너머를 바라봤다. 그들이 무언가 이야기를 해주듯. 멍하니 창밖을 바라보던 다포딜이 대뜸 말했다.

"달빛이 내리는 숲속, 가을의 돼지와 나무의 유혹."

"뭐라고?"

"일찍 와서 다행이에요. 데샤드. 가을에 왔으면 큰일 날 뻔했지 뭐예요?"

다포딜이 말했다. 여전히 데샤드가 이해할 수 없는 것이었다. 하지만 다포딜은 그런 친절함 따위는 애초에 존재하지 않았다는 듯 자신의 말만 하고 있었다.

"그리고 당분간은 물가에 가는 건 금지예요. 용케 남대륙까지 왔네요. 아, 바다라 괜찮은가?"

다포딜이 정정했다. 그 말에 데샤드가 다포딜을 바라봤다. 물가라면, 이 근처에 물가가 있던가. 물론 멀리 강이나 도랑이 있긴 했다. 하지만 그는 그쪽에 가지 않았다. 그 외의 물가라면 집에서 조금 떨어진 곳에 파둔 우물 정도일까. 물론 여기 있으면서 우물물을 떠오는 것은 데샤드의 일이었지만 그건 그렇게 큰 위험이 도사리는 것은 아니다. 이제 물은 그녀가 떠와야 할 것 같다면서 다포딜이 혀를 찼다.

"강가에서 어떤 것도 하지 않았나요?"

"난 그저 술을 마셨을 뿐이야."

"그리고?"

"그리고? 뭘?"

데샤드가 되물었다.

"진짜 아무것도 하지 않았나 보네."

그녀가 작게 말했다. 그게 가능한가 싶어 그녀가 그의 뒤를 살폈다.

"분명히 저 언저리에 있을 텐데."

그를 응시하던 그녀가 색다른 것을 본 듯 눈을 동그랗게 떴다. 데샤드가 눈살을 찌푸렸다. 다포딜이 웃었다.

"그래서 그랬군요. 당신에게 선물을 준 건 글렌게일의 페어리예요. 물가에 사는 아이들이죠. 그러니까 다리 위에 있는 그러한 상태의 당신에게 이끌린 거겠죠."

그녀가 말했다.

데샤드가 이상한 표정을 지었다.

"물가에 사는 아이들. 물가?"

데샤드가 되물었지만 다포딜은 무시했다. 원래 물에 사는 것들이 그렇지, 그녀가 생각하며 미소 지었다.

"삐치면 제일 고약해진다니까요."

다포딜이 말했다.

"뭐가?"

데샤드가 되물었지만 다포딜은 대답해주지 않았다.

* * *

"자 그럼. 오늘은 비료를 뿌릴 거예요."

다포딜이 말했다.

데샤드가 굳은 표정으로 그녀를 바라봤다. 오늘도 역시 작업복, 삽, 그리고 달걀 껍데기였다. 달걀 껍데기를 버리지 않고 잔뜩 씻어서 모아둔 그녀를 이상하게 바라봤었다. 하지만 어딘가에 쓰려니 했는데 그게 오늘이었던가. 하지만 왜 달걀 껍데기를 챙겼는지 데샤드는 이해할 수 없었다. 그리고 잔뜩 쌓인, 저 냄새가 나는 어떠한 검은 더미는.

"도대체 뭐야?"

데샤드가 그것을 가리키며 물었다. 다포딜이 답했다.

"데카르트의 영역이요."

"영역?"

"배설물이요. 보통 배설물을 내보내면 영역표시를 한다고 하잖아요."

그냥 대놓고 배설물이라고 말해, 데샤드가 생각했다.

물론 영역이라는 단어 자체는 나쁘지 않았지만, 어떤 단어를 썼든 그것이 배설물이라는 것은 거부할 수 없는 사실이었다. 그가 삽을 푹, 데카르트의 영역에 꽂았다. 다포딜은 가지고 온 달걀 껍데기들을 잘게 부셔 데카르트의 영역 위에 뿌렸다. 다포딜이 다른 삽을 들어 그것들을 뒤섞었다.

"데샤드도 어서 섞어요!"

다포딜의 말에 그가 삽을 들었다. 살다 살다 이런 일을 하게 될 줄은 몰랐다.

"이게 비료라고?"

"동물의 배설물은 좋은 비료가 되는걸요. 데카르트는 현명해서 한 곳에만 영역표시를 하거든요. 그곳에 비료제조실을 만들었죠."

다포딜이 말하며 저 멀리를 가리켰다. 농기구 보관을 가장한 채 방치를 하는 작은 나무 공간이었다.

헛간이나 창고 같은 것일 줄 알았던 그곳이 비료제조실이란 말이지. 냄새가 나지 않았는데, 데샤드가 생각했다. 그러고 보니 이 여자는 마법사였다. 겸사겸사 정령도 다루고 게다가 점술에 주술까지. 도대체 뭐 하는 여자야. 그가 생각했다. 다포딜은 그 사정은 알 바 아니라는 듯 데카르트를 끌어안으며 말했다.

"코끼리는 정말 농사에 도움이 된다니까요."

데샤드의 표정이 일그러졌다.

"그럼 같이 일해요. 데샤드. 이제 얼마 안 남았어요!"

다포딜이 말하며 삽을 들어 올렸다. 데샤드도 한숨을 쉬며 삽을 들었다. 이 비료를 이 땅 전부에 섞어야 했다. 철학자 자크가 자연으로 돌아가자며 환경애호에 대해 이야기를 한 적이 있었다. 청렴결백의 상징이었다. 만약 죽어 저승에서 그 사람을 만나게 된다면, 데샤드는 그에게 결투를 신청할 의향이 있었다. 농사는 힘든 것이었다. 데샤드가 삽을 들어 올렸다. 저 멀리서 새 한 마리가 날아오르며 지저귀고 있었다.

열심히 섞은 흙이 마음에 들었는지 그녀가 몇 번이고

그것을 들어 올렸다, 내려놨다 했다. 흘러내리는 땀을 옷으로 닦아낸 데샤드가 하늘을 바라봤다. 머리 위에 다시 그늘이 졌다. 자연적이지 않은 구름이 머리 위에 나타났다.

"흙의 느낌이 좋네요. 역시 흙은 이래야 해요. 좋은 흙은 공기가 많아야 하거든요. 촉촉하게 수분도 많고, 고체의 비율이 적어서 좋군요. 할머니가 항상 말하셨거든요. 이런 흙이 좋다고. 50대, 30대, 20의 비율!"

다포딜이 기쁘다는 듯 말했다. 데샤드가 눈살을 찌푸렸다. 방금 데카르트의 영역을 뒤섞은 걸 맨손으로 만지지 말란 말이야. 물론 다포딜은 그런 사소한 것은 신경 쓰지 않았다. 데샤드가 하늘을 올려다봤다. 구름 너머로, 오늘도 여전히 청명한 하늘이 보였다. 그럼 이제 빨리 마무리를 하고 집에 가서 쉬어볼까, 생각하며 그가 말을 이었다.

"이제 심으면 되는 거야?"

"응? 뭘요?"

"네 사랑스런 토마토를 바로 심는 게 아니야?"

"비료가 땅에 스며들 때까지는 놔둬야 해요. 한 일주일에서 이 주일?"

다포딜이 고개를 저었다.

"일주일에서 이 주일이라. 그동안은 땀 흘릴 필요가 없다는 뜻인가. 그럼 그동안은 뭘 하지?"

데샤드가 말했다.

"손님이 찾아오면 맞이해주고, 하루 종일 책을 보고, 식사를 하고, 과일을 따는 거죠."

"그게 끝이야?"

"일하고 싶어요? 텃밭 하나 더 갈까요?"

다포딜이 말하며 옆의 다른 땅을 바라봤다. 저걸 일구면 될 것 같기는 한데, 너무 많이 심어도 문제가 있어서. 놀러오는 야생동물에게 주면 되려나? 다포딜이 여러 가지 가정을 생각했다. 데샤드가 재빨리 고개를 저으며 그녀의 손목을 낚아챘다.

"아니, 책 보자. 일은 무슨 일이야."

데샤드가 말했다. 멀리서 데카르트가 땅에 편안히 자리하고 꼬리를 치고 있었다.

* * *

농사 일이 끝났다. 다포딜은 그것은 농사가 아니라 그저 밭 가는 행위라며 투덜거렸다. 어쨌든 일이 끝나자 다시 여유로운 일상이 찾아왔다.

하루의 일과에서 삽질이 사라지자 이곳이 평화로운 휴양지로 보였다. 오늘 그가 집어 든 책은 『녹색 대지 : 이 세상에 존재하는 모든 식물』이라는 책이었다. 저술자는 안소니 레온하트. 나온 지 세 달도 채 되지 않은 신간이었다. 도대체 남대륙에서 어떻게 이렇게 나온 지 얼마 되지 않은 책을 구하는 건가 생각되었지만 어쨌든 덕분에 읽을거리가 많아서 좋았다. 평소, 아니 2년 전쯤이라면 이런 사소한 것에 영감을 얻어 글을 써 내려갔겠지만 그는 지금 꿈도 영혼도 잃은 불쌍한 작가였고, 책은 재밌지만 길 잃은 영혼 덕분에 머리는 어떠한 생각거리를 만들어내지 못했다.

"식물이 이렇게 신비한 거였나."

데샤드가 말했다. 그것참, 재미있네. 재미는 있는데 왠지 허구 같다는 생각도 살짝 들었다.

어쨌든 이런걸 읽다보면 소포모어에서 벗어날 수도 있을 것이다. 물론 다포딜은 그게 다 페어리 때문에 일어난 일이라고 했지만 데샤드는 믿지 않았다. 정확히는 반만 믿었다.

데샤드가 고개를 들어 창밖을 바라봤다. 창 너머로 보이는 초원에 이동하는 동물들이 보였다.

조용하고, 고요하고, 차분한 나날이었다. 그가 책을 덮었다.

"그런데 다들 어디 있는 거야."

다포딜도, 데카르트도 보이지 않았다.

그동안 있었던 일이 모두 꿈은 아니었을까, 데샤드는 심각하게 고민을 하기 시작했다.

3

이곳은 이상한 곳이었다.

눈에 보이는 세상은 넓고, 고요하고, 조용했다. 평소에도 그러한데 오늘처럼 사람의 인기척이 느껴지지 않는 날은 더더욱 그랬다. 홀로 세상에 떨어진 느낌이었다.

데샤드가 창밖을 봤다. 하늘은 맑았지만 구름은 약간 어두운 빛을 띠고 있었다. 첫 비가 오고 얼마 지나지 않아, 하늘은 가끔 어두워지곤 했다. 하지만 본격적으로 비가 내리지는 않았다. 아침에는 어스름하게 안개가 피어오르는 경우도 있었다. 지금의 하늘은 청명했다.

데샤드가 컵에 주스를 따랐다. 정화의 주스라는 이상한 이름을 가진 주스의 맛은 꽤 좋았다. 다포딜이 만들어주는 음식들은 대부분 이렇게 괴상한 이름을 가지고 있었다.

데샤드가 테라스로 나왔다. 멀리 이동하는 코끼리 떼 뒤로 목이 긴 동물이 보였다. 이름은 알지 못한다.

신화속에서 나오는 특이한 생물처럼 생긴 것은 어쩌면 몬스터일지도 몰랐지만 그러기엔 너무 평온해보였다. 떼로 이동하는 무리를 보면서 데샤드는 많다고 생각했다. 그렇다고 해도 코끼리보다는 적은 수였다. 이곳은 코끼리가 정말 많았다.

데카르트와 정이 들어서 그런가, 저것들도 귀엽다는 생각하며 밖에 놓인 라탄 벤치에 앉은 데샤드는 다시 책을 펼쳤다. 『녹색 대지』라는 책은 뭔가 허구적인 느낌이 강하긴 했지만 재미있었다. 게다가 저자는 요새 주목받는 학자가 아닌가. 이런 유명인이 설마 허구를 쓸까.

사실 그로서는 허구여도 상관이 없으니 동대륙에 돌아가면 꼭 구입해야겠다고 결심했다. 글을 쓰는 데 많은 참고가 될 것이다. 물론 그가 계속 글을 쓸 수 있다는 것에 장

담을 할 수는 없지만 말이다.

데샤드가 32페이지를 막 읽을 때쯤에 멀리서 동물의 소리가 들렸다. 갑작스럽게 육식동물이라도 나타났나 생각하며 그가 동물 떼가 지나던 곳을 바라봤다.

아주 멀리서, 무언가가 날아왔다. 저거라면 충분히 놀랄 수 있다고 생각했다. 투둑, 그가 들고 있던 책을 놓쳤다. 그것은 이윽고 쿠당 소리와 함께 바닥에 내팽개쳐졌다. 데샤드가 허공을 향해 손짓했다.

"너, 너, 너!"

"아, 저 하늘을 나는 마법도 가능해요!"

멀리, 허공에서 다포딜이 말했다. 코끼리를 탄 채.

"봐서 알고 있어!"

데샤드가 답했다.

사뿐히 바닥에 착지한 데카르트를 굳은 표정으로 데샤드가 바라봤다. 사뿐히 착지했다. 저 코끼리가.

다포딜은 익숙하게 코끼리 위에서 폴짝 뛰어내렸다.

"오랜만에 나는 거라 시험 좀 해봤어요."

데샤드가 고개를 끄덕였다. 무엇이든 오랜만에 하는

건 시범운전이 필요한 법이었다.

데샤드가 다시 한번 데카르트를 바라봤다.

"데카르트가 왜 저렇게 커?"

데샤드가 물었다.

"원래 크기인데요? 상아 있는 거 보면 모르세요?"

다포딜이 의아하다는 듯 대답했다. 데샤드가 눈살을 찌푸렸다. 그래, 데카르트에겐 상아가 있었다. 단지 그걸 별로 신경 쓰지 않았을 뿐이다. 데카르트는 상아로 인간을 위협하거나 하지 않았으니까. 상아는 그냥 일종의 장식 정도로만 생각했다고 해야 하나.

"동대륙 출신이라 모르나? 새끼 코끼리는 상아가 없어요."

동대륙 출신이어도 새끼 코끼리가 상아가 없다는 것은 알고 있다. 단지, 데카르트의 크기가 작아 인지를 못했을 뿐이다. 다포딜이 이어 말했다.

"어쨌든 일어났으니까, 가요."

"어딜?"

"주마안네 마을이요."

그녀가 말하며 주방 찬장에서 이것저것 챙겼다. 뭘 챙기는지 알 수 없었다. 바구니 같은 것도 있었다. 그녀가 "찾았다."라면서 무언가를 들었다. 남대륙 세블레 왕국의 화폐였다. 그게 왜 주방의 찬장에 들어 있는지 데샤드는 묻지 않았다. 또한 왜 화폐를 깊숙한 곳에 두어 찾기 힘든지도 묻지 않았다. 이런 곳까지 도둑이 들 것 같지는 않은데, 그가 생각했다. 하지만 신경 쓰지 않는 것이 더 좋을 것 같았다. 데샤드는 밖에서 대기하고 있는 커다란 데카르트를 바라봤다. 저걸 타고 가자는 거지. 그런데 주마안네 마을로 가자는 건…….

"여기도 주마안네 아니야?"

"여긴 므웨니 초원과 키브웨 숲의 경계인데요?"

"아니, 그건 아는데."

데샤드가 말했다. 이곳의 위치는 그도 알고 있었다. 처음 올 때에 아쉐의 위치를 묻자 다들 그렇게 말했다. 므웨니 초원과 키브웨 숲의 경계로 가라고. 데샤드는 그 거리가 얼마나 되는지 모른 채, 방향만 물어 발걸음을 옮겼다. 사람들이 이상한 얼굴로 바라봤지만 데샤드야말로 그들을 이해할 수 없었다. 그래, 몰랐지. 걸어서 이틀 정도의 거리라는 것을. 그가 혀를 찼다. 가야 할 날이 걱정되었다. 어쨌든 그녀의 집 위치가 므웨니 초원과 키브웨 숲의 경계라고 하더라도 이곳은 주마안네 소속이었다.

"이곳 사람들에게 주마안네는 시장을 말해요."

다포딜이 알아차렸다는 듯 말했다.

"장 보러 가자는 뜻이었어요. 필요한 게 있거든요."

"어떤 거?"

"식료품이요. 설탕이랑, 이것저것."

다포딜이 말하며 바구니와 돈과 사과를 들고 데샤드를 이끌며 밖으로 나갔다. 데샤드가 별다른 저항 없이 그녀 손에 이끌렸다. 그래, 가자. 어차피 떠나기 전에 한번 살피는 것도 좋으리라. 어떠한 방도로 다시 그의 집으로 돌아갈지에 대하여. 폴짝폴짝 계단을 내려온 다포딜이 데카르트에게 다가갔다. 다포딜이 사과를 하나 던졌다. 데카르트가 코로 받아 입에 넣었다. 아삭아삭 소리가 들렸다. 그런 데카르트를 보며 웃어 보인 다포딜이 데샤드를 바라봤다.

"자, 어서 타요!"

그녀가 데카르트를 팡팡 쳤다. 늘 보던 코끼리인데 오늘은 이상하게 위협적으로 느껴졌다.

타지 못하고 주춤거리는 그를 다포딜이 마법을 이용해 데샤드를 허공에 띄웠다. 익숙지 않아 데샤드가 버둥거렸지만 신경 쓰지 않은 채 데카르트의 등 위에 안착시킨 뒤 그를 보며 살포시 웃어 보였다. 그것이 마치 악마의 미소처럼 느껴졌다.

"가자, 데카르트!"

다포딜이 말했다. 코끼리가 하늘을 날았다.

이상해. 엄청 이상해.

하지만 뭐라고 말을 할 수 없었다. 우선 무섭기도 했다.

데샤드는 떨어지지 않기 위해 조용히 데카르트 등에 엎드려 끌어안고 있었다. 다포딜이 깔깔 웃어댔다.

* * *

다포딜은 마을 근처에 데카르트를 내리곤 그의 크기를 축소시켰다. 그녀가 데카르트의 머리 위에 바구니를 묶어두고는 귀엽다며 다시 한번 웃었다. 데카르트는 익숙한 듯 별다른 저항 없이 새치름하게 걸었다.

균형 감각이 뛰어난 코끼리군, 데샤드가 생각했다.

다포딜은 무엇이 즐거운지 알 수 없는 콧노래를 부르며 사뿐사뿐 걷고 있었다. 걷는다기보다는 물속을 노니는 것처럼 흐르는 듯한 움직임이었다. 남대륙의 노랫소리는 특이했다. 단조로운 것이 자장가 같기도 했지만, 마치 어딘가의 지혜를 담은 듯한 것처럼 느껴지기도 했다.

천천히 걷는 다포딜의 옆을 따라 걷던 데샤드는 아무리 봐도 못 믿겠다는 듯 그녀를 향해 물었다.

"솔직히 말해봐. 너 마녀지?"

그 말에 다포딜이 의아하다는 듯 고개를 젖혔다.

"보통 마법사들도 하늘을 날잖아요?"

"보통 마법사들은 코끼리를 타고 날지 않아."

오히려 그것에 다포딜이 놀란 얼굴을 했다.

"그럼 뭘 타고 날아요?"

"……."

"소설에서 나온 것처럼 정말 빗자루를 타고 날아요? 아니면, 말이구나! 다른 대륙들은 말을 이용하니까, 북대륙은 개썰매를 자주 이용하는데 개를 타고 나는 건가?"

다포딜이 여러 가지 가정을 입 밖으로 꺼냈다. 도대체 왜 하필 무언가를 타고 날아야 하는 걸까.

"그냥 혼자서 날아. 그리고 빗자루를 타고 나는 건 마법사가 아니라 마녀야."

데샤드가 다포딜의 말을 정정해 주었다. 데샤드의 대답에 다포딜이 미간을 찌푸리며 입을 쭉 내밀었다.

"그건 뭔가 너무 멋없다."

다포딜이 말했다.

멋 때문에 코끼리를 타고 날았다니. 정말 상상을 초월한 답이었다.

"도와줄까?

"아뇨. 괜찮아요. 데샤드는 요리를 굉장히 못하니까 거기서 그냥 놀아주세요."

일하지 않는 자, 먹지도 말라는 말이 있듯 다포딜도 데샤드에게 그의 음식을 만드는 데에 보탬이 되라고 이것저것 시켰지만 몇 차례 겪어본 결과 데샤드에게는 청소와 밭을 일구는 것 말고는 시키지 않는 것이 좋다는 것이 그녀의 결론이었다.

데샤드는 말없이 창 너머를 바라봤다.

창밖, 아주 먼 거리의 평야 어딘가에 데카르트가 다른 코끼리 무리와 뒤섞여 있었다. 상아가 있는 작은 코끼리를 발견하는 것은 쉬웠다. 코끼리들이 원래 다른 무리에 대해 배척이 없는 건지, 아니면 데카르트가 사교성이 뛰어난 건지 모르겠지만 여기 머문 기간 동안 그는 수많은 동물들과 어울리고 있었다. 그리고 그들이 떠날 때쯤이면 인사를 하듯 코를 흔들고는 뿔뿔거리며 집으로 되돌아온다.

그러면 다포딜은 반갑게 데카르트를 맞이하며 데카르트와 이야기를 나누곤 했다.

오늘도 그랬다.

"세상에 카미시가 반려자를 만났다고? 그거 잘됐네!"

"그런데 카미시가 누구야?"

데샤드가 물었다.

"타조예요. 목요일에 태어났죠."

＊ ＊ ＊

　타조가 반려를 만났다는 사실을 코끼리를 통하여 듣는 인간이라. 정말 기이한 곳이었다. 남대륙이 전부 이러지는 않을 것이다. 이곳도 사람 사는 곳이니 말이다. 데샤드는 당황스러움과 의문을 숨긴 채 아무렇지 않은 척 물었다.

　"왜 카미시라 부르는데?"

　"카미시는 목요일에 태어났다는 뜻이 내포되어 있거든요. 그녀의 이름이에요."

　이거 정말 동물과 이야기를 나누는 것이겠지?

　그러니까 저런 것을 알고 있는 것이다. 그것이 그녀만의 망상이라기에는 꽤나 구체적이었다. 하지만 상식적으로 동물과 이야기를 나눈다는 게 말이 되는 일이던가.

　데샤드가 요리를 하는 다포딜을 바라봤다. 여전히 맛있는 냄새였다. 여기 있다가 살이 포동포동 오를 것 같았다. 물론 살이 오른다는 것은 그에게 좋은 일이었지만 한편으로는 동대륙 북부의 옛말이 떠오른다.

　더위가 극에 달할 때, 포동포동 살찌운 닭을 잡아먹는

다든가 하는 것처럼. 이렇게 살찌워서 화씨 120도가 되는 날 잡아먹히지는 않을까, 아주 오랜 옛날의 중앙대륙 잔혹 동화 내용 같은 것이 머릿속을 스쳐 지나갔다.

그때 다포딜이 칼을 크게 내려쳤다. 탕! 하고 울리는 소리에 데샤드가 움찔하며 그녀를 바라봤다.

도마 위에 새빨간 고기가 반듯하게 갈려 있었다. 그 사이로 살짝 핏물이 흐르는 것 같았다. 놀란 가슴을 가라앉힌 채 다포딜을 바라보자 그녀가 살포시 웃어 보였다.

"그러고 보니 사흘 뒤에 비가 온대요."

그녀의 말에 데샤드가 하늘을 바라봤다. 하늘은 맑고 구름 한 점 없이 푸르렀다.

"비가 온다고?"

그가 다시 한 번 되물었다. 주방에 서서 과일을 자르던 다포딜이 칼질을 멈추고 고개를 돌려 데샤드를 바라봤다.

"네, 동쪽 거미가 알려줬어요. 비가 온다고."

"동쪽 거미는 이름이 뭐야?"

"동쪽 거미요."

"걘 언제 태어나거나 그런 거 없어?"

"거미가 인간도 아니고 요일 같은 걸 따지겠어요?"

"그럼 타조는 왜 요일을 따지는 건데."

데샤드가 물었지만 다포딜은 그에 대한 대답을 하지 않았다. 자기가 대답하지 못하는 질문은 저렇게 무시를 한다니까.

그가 생각하며 다시 책장을 넘겼다. 오늘의 책은『진정으로 위험한 책』이라는 제목이었다. 재미있느냐고 묻는다면, 나쁘지는 않았다. 데샤드가 느긋하게 책을 읽고 있을 때 다포딜은 후추와 양파, 생강 가루를 뿌린 소고기를 치지직 소리를 내며 불 위에서 굽고 있었다.

"소고기는 가장 효과가 좋은 보호 음식 중 하나라는 거 알아요?"

그녀의 말에 데샤드가 책을 보던 시선을 올려 다포딜을 바라봤다.

"세상은 우리가 보이지 않는 것들로 둘러싸여 있어요."

다포딜이 이어 말하며 데샤드 주위를 손가락으로 둘렀다. 데샤드가 자신의 주위를 바라봤다.

"당신 눈에는 보이지 않으니까 그렇게 보지 말아요."

맞는 말이다. 그녀 말대로 아무것도 보이지 않았다. 세상이 우리 눈에 보이지 않는 것으로 둘러싸여 있다고 해도 보이지 않으니 알 수 없다. 그녀는 어떻게 그것을 아는지 의문이 생겼지만 물어본다고 해도 답해줄 것 같지 않았다. 다포딜이 말을 이었다.

"대부분 호의적이고 중립적이지만 가끔 해로운 것이 있거든요. 하지만 본능적으로 인간은 이것들로부터 스스로를 보호해요. 잠재의식으로부터 보호받는다고 해야 하나? 잠재의식은 아니고, 아무튼 인간의 몸에도 자신을 보호하는 힘이 있거든요."

그녀가 하얀 접시에 구운 소고기를 올렸다. 접시 위에 가득 올려진 고기를 흐뭇하게 바라보며 갖은 과일과 채소로 장식했다. 감자 샐러드도 조금 올릴까, 그녀가 말하며 냉동 마법이 걸린 찬장 안을 살폈다. 얼마 전 만들어둔 것이 있었는데. 상하지는 않았겠지, 그녀가 그 접시를 들어 손가락으로 샐러드를 찍어 먹어봤다. 아슬아슬하긴 하지만 괜찮은 것 같았다.

"데샤드 꿈을 되찾는 건 조금 위험한 방법이어서."

다포딜이 말했다. 그녀가 샐러드가 담긴 접시를 테이블 위로 옮겼다.

"오늘은 당신 영혼의 갑옷을 튼튼하게 하기 위한 음식을 만들었죠!"

"그게 뭔데?"

"메뉴요? 스테이크랑, 샐러드랑……."

"아니, 요리로 그런 걸 할 수 있다고?"

"네. 할 수 있어요. 그러피드한테 배웠어요. 윈 그러피드는 훌륭한 마법사죠. 비록 요리는 못하지만."

요리를 못하는 사람한테 요리를 배웠다면, 그 요리는 믿을 만한 것인가. 그가 생각했지만 그동안 그녀의 음식이 맛있었으니 괜찮을 것이라 합리화했다. 그러피드는 그녀가 종종 말을 했던 사람이었다. 그녀가 알고 있는 지혜는 대대로 내려온 것도 있겠지만 그러피드의 지혜를 빌려온 것 같기도 했다. 윈 그러피드는 참 궁금증을 일으키는 사람이었다. 데샤드는 집으로 되돌아간 뒤, 시간이 꽤 지나고 여유가 있을 때 그를 잊어버리지 않았다면 한번 그러피드를 찾아가보기로 결심했다. 그의 가게가 마법상점인지,

사탕가게인지도 굉장히 궁금했고 말이다.

다포딜이 스테이크가 담긴 접시를 테이블에 내려놨다. 그것이 마지막 접시였다. 그녀가 "짜잔" 소리를 냈다.

"위대한 소고기 구이와 활활 타오르는 보호의 샐러드, 버터를 바른 빵에 정화의 치즈!"

이름 한번 거창하다고 데샤드가 생각했다. 하지만 충분히 먹음직스러웠다. 다포딜이 찬장 안쪽에서 병 하나와 잔 두 개를 꺼냈다.

"그리고 마지막으로 사과술이에요."

데샤드가 술병을 받아 뚜껑을 열었다. 코르크를 깊게 박아둔 술은 다포딜이 열기에는 조금 힘들었다. 그가 코르크에 오프너를 돌려 박아 넣으며 물었다.

"사과술은 뭐 없어?"

"뭐가요?"

"거창한 이름 말이야."

"사과술은 그냥 사과술이에요. 오늘 제가 먹고 싶었거든요."

"그렇구나."

데샤드가 말하며 뚜껑을 열었다.

퐁, 소리와 함께 안쪽에서 연기가 살짝 흘러나왔다. 그가 잔에 술을 따라 다포딜에게 넘겼다. 그녀가 술잔을 받아 한 모금 마셨다. 데샤드가 다른 잔에 그의 술을 따랐다. 향긋한 술 냄새가 났다. 그녀 뒤로는 눈이 빛나는 데카르트가 보였다. 코끼리는 초식동물이라 눈이 빛나는 생물이 아닌데 이상하게 빛나는 것 같았다. 데샤드가 테이블 위에 있는 사과 하나를 데카르트에게 던졌다. 데카르트가 사과를 받으며 뭔가 불만스러운 얼굴을 하는 것 같았지만, 동물에게 술을 주는 건 뭔가 좀 그랬다. 마치 동물학대 같지 않은가.

"역시 맛있다."

다포딜이 잔을 내려놓으며 말했다. 데샤드가 자리에 앉았다. 앞에는 먹음직스러운 음식들이 가득했다. 풍요로운 식탁이다. 혼자 살기 때문에 귀찮아서 대충 사 먹는 그의 비루한 식단과는 굉장히 비교가 되는.

역시, 이것에 습관 들이면 안 된다니까. 그가 생각하며 식기를 들어 올렸다. 고기의 육질은 굉장히 부드러웠고, 맛 역시 좋았다. 활활 타오르는 보호의 샐러드나 정화의 치즈도 나쁘지 않았다. 나쁜 것은, 그들의 이름 정도. 왜 저런 이름이 붙은 건지 이해할 수 없지만, 어쨌든 그녀가 그렇게 호칭하니 그렇다고 하자. 데샤드가 소고기를 썰어 입에 넣었다. 그런데 정말 맛있긴 맛있다니까, 그가 생각했다. 샐러드를 입에 넣던 다포딜이 데샤드에게 물었다.

"내일은 쿠지두를 먹을까요?"

물론 긍정적인 답을 원한 질문이었다. 그가 부정을 하더라도 그녀는 그 요리를 할 것이다. 데샤드가 물었다.

"그건 뭐야?"

"커다란 솥에, 소고기랑 물이랑 채소랑 넣어서 한 시간 동안 끓인 거요."

"스튜구나."

"조금 다르지만 비슷해요."

다포딜이 말했다.

4

 그녀의 서재에는 무수히 많은 책들이 있었다. 각종 대륙에서 수집한 것으로 보이는. 남대륙에서 이렇게 많은 책을 어떻게 구하는 건가 의문이 들었다. 이곳에는 서점이 없다. 마을에도 서점이 없었다. 하지만 이곳에는 그가 봐온 그 어떤 서재보다도 많은 책들이 있었다. 이 의문을 예전에도 한번 느꼈던 것 같은데, 생각하며 데샤드가 책등 하나를 손가락으로 만지작거렸다.
 그가 모르는 언어였다.
 그럼에도 그 책을 고른 이유는 그 책등 아래에 작은 그림이 그려져 있었기 때문이다.

페어리.

데샤드가 책을 꺼냈다. 서대륙의 언어인 것은 확실하지만 어디라고 명확하게 정의 내릴 수 없었다. 이건 어디의 언어지? 데샤드가 생각하며 책을 펼쳤다. 혹시나 했지만 역시나 알지 못하는 언어였다.

그가 말없이 책장을 넘겼다. 그림이 없나, 살폈지만 단 하나의 삽화도 들어 있지 않았다. 평소라면 삽화 없는 책을 선호하는 편이지만 이 경우라면, 힘들다.

모르는 언어에 삽화도 없는 페어리 책.

"그 언어 알아요?"

다포딜이 물었다.

인기척이 느껴지지 않았었는데 그녀가 어느새 근처에 다가와 있었다. 데샤드가 책을 덮으며 말했다.

"아니. 몰라."

"그런데 왜 보려는 거예요?"

데샤드가 고개를 돌렸다. 비꼬는 건가 했지만 순수한 물음이었다.

"그냥 삽화가 있나 해서."

"없어요. 제가 설명해줄까요?"

"넌 이 언어를 알아?"

"전 현명하고 똑똑한 여자거든요."

그녀가 자랑하듯 가슴을 쭉 폈다. 자랑이기는 하겠지만 저렇게까지? 데샤드가 생각했다.

반면 다포딜은 몹시도 자랑스러운 얼굴을 했다. 많은 언어를 안다는 것은 장점이었다. 어딜 가도 대화를 할 수 있었으니까. 데샤드가 남대륙어를 어설프게나마 알기 때문에 무리 없이 대화하고 있지만 그가 남대륙어를 하지 못한다고 하더라도 다포딜은 그와 대화할 자신이 있었다. 동대륙어는 필수지.

"어쨌든 그전에."

그녀는 할 것이 있었다. 그건 아주 중요한 일이었다.

"숲에 가요, 데샤드!"

"숲? 웬 숲?"

"네메톤을 정리해야 해요."

네메톤? 처음 듣는 단어였다. 발음이 남대륙의 것은 아닌 것 같았다. 오히려 동대륙 서부나 중앙대륙 북부와도 같은 그 어감이 느껴졌다. 이곳과는 굉장히 어울리지 않는데…….

"네메톤이 뭔데?"

"자연이 머무는 장소요. 숲속의 빈터예요. 숲의 빈터는 자연적으로 형성된 신전, 신들의 공간이죠. 이것을 네메톤이라고 불러요. 네메톤은 신성한 모든 곳을 지칭하죠."

자연적으로 형성된 신전, 신성한 모든 곳. 한번 되뇌는 그를 바라보며 다포딜이 웃어 보였다. 혹은 다른 표현으로는 뭐가 있을까, 생각하던 다포딜이 말했다.

"잃어버린 세상이라고 해야 하나. 아니, 잃어버린 세상에 대한 통로죠."

"그래서 그 잃어버린 통로에는 왜?"

"이 장소는 신성한 만큼 이곳에 속하지 않은 누군가가 찾아오기 쉽거든요. 페어리나, 페어리 같은 거요!"

그냥 페어리가 찾아오기 쉽다는 뜻이었다. 그가 고개를 끄덕였다. 그래, 페어리가 오기 쉬운 곳. 데샤드가 다포딜의 의도를 알아차렸다.

"데샤드의 꿈을 되찾기 위해선 필요한 곳이죠."

"그래. 가자."

그의 대답에 다포딜이 눈을 동그랗게 떴다. 가야 하는데. 이렇게 빨리? 이렇게 빠른 대답이 올 줄은 몰랐는데, 다포딜이 생각하며 서재 밖으로 나가는 그의 뒤를 따랐다. 데샤드가 문을 열고 밖으로 나섰다. 그런 그를 바라보며 다포딜이 어어 말했다.

"그냥 가요?"

"그럼?"

"청소도구."

그녀가 말하며 서랍을 뒤졌다. 이것저것 꺼내던 그녀가 작은 천 가방을 하나 건넸다.

"청소하러 가는 거군."

"그렇게 직접적으로 말하면 민망하잖아요."

다포딜이 말했다. 민망하다고 말하는 사람치고는 표정이 너무 뻔뻔했다. 데샤드는 다포딜이 넘겨주는 천 가방을 들었다. 청소도구라는 게 이게 끝은 아니겠지, 데샤드가 생각했지만 정말 그것이 끝이었는지 다포딜은 데카르트를 쓰다듬으며 놀러가자고 말했다.

목적이 청소인지 놀러 가는 건지 모르겠다.

다포딜이 데샤드를 바라봤다.

"해가 떠 있을 때 빨리 가요. 오늘 저녁엔 비가 오니까요."

"비가 온다고?"

"동쪽 거미가 말했잖아요. 사흘 뒤에 비가 온다고. 오늘이 그 사흘째 되는 날이에요."

* * *

현명한 자들은 나무를 숭배하지 않았지만 신성시했다.

문화권에 따라 나무를 숭배하는 곳이 없지는 않았다. 어떤 이들은 나무나 부서진 것들을 경배하였고 그들에게 신의 지위를 선사했다. 하지만 모두 사라졌다.

숲은 인간뿐만 아니라 많은 생명들에게 도움을 줬다. 페어리들과 숲은 상호적이었다. 페어리들의 종류에 따라 물이나 불에 더 가까운 이들도 있었지만 그들의 기원은 숲이었다.

숲, 정확히는 숲속의 빈터는 자연적으로 형성된 신전.

작은 숲은 중앙대륙에서는 그로브라는 이름으로 여신에게 바쳐지곤 했다. 정확히는 동대륙 서부와 중앙 대륙 남부에 있었던 관습이지만 원래 세상 모든 것은 연결되어 있었고, 남대륙에도 그런 공간이 있다.

숲보다는 정글이 더 많아서 대부분은 정글의 신에 대한 이야기들이 알려져 있지만 말이다. 하지만 이곳은 숲 근처였고, 그는 동대륙인이었다. 그리고 그 페어리들 역시 동대륙을 기점으로 하니 네메톤에서 일을 처리하는 것이 좋았다.

그 공간, 빈터 한 가운데에는 작은 샘이 하나 있었다.

그 옆에는 잘린 나무들이 몇 개 보였다. 잘린 나무들 안쪽에는 샘을 기점으로 텅 빈 공터만 있었다. 나무가 자란 흔적이랑 없이, 단지 풀만 무성했다. 다포딜은 풀을 베어 내지 않았다. 그저 주위에 죽은 나뭇가지들을 정리했을 뿐이다. 그것을 작은 천 가방에 담았다. 겨울에 땔감으로 쓰거나 점술도구를 만들 용도였다.

"네메톤은 보이지 않는 정령들을 쉽게 불러낼 수 있고, 어느 정도 지속적으로 대화를 나눌 수 있는 장소예요."

나무를 주우며 다포딜이 말했다.

"그래서 옛날엔 이 장소를 지혜로운 자들의 회담 용도로 사용하기도 했죠. 술을 가지고 와서 잔을 돌려 마시며 여러 가지 지혜로운 이야기를 하는 거예요. 사람에 대하여, 자연에 대하여, 만물에 대하여. 그리고 죽음에 대하여. 그 이야기들 전부 나무가 듣고 기억하고 간직하도록."

그녀가 말하며 나무 위에 손을 올렸다. 거친 껍질의 결이 느껴졌다.

"이 작은 샘이요, 이것처럼 샘이 있는 곳은 아주 탁월한 성지예요. 물은 신들의 정액이라 생각했거든요. 신성한 것으로 여겼죠."

다포딜이 말했다. 데샤드가 샘을 한번 바라봤다. 데카르트가 샘에 코를 담그고 있었다. 곧 그 코에서 물이 뿜어져 나왔다. 즐거워 보이는군, 그가 생각했다.

"이곳의 이름은 키브웨네메툰이에요!"

"키브웨네메톤이 아니라?"

"네메톤은 단순한 성지만 말해요. 특정 장소의 이름이 붙으면 발음이 네메툰으로 바뀌어요. 숲에 오니까 좋지 않나요?"

곳곳이 반짝거렸다. 물론 데샤드의 시선으로는 바라볼 수 없지만 이 숲은 강렬한 생명으로 가득 차 있었고, 나무들이 기뻐하는 모습이 눈에 확연했다. 다포딜이 탁자 형태로 잘린 나무 밑동에 앉았다.

"좋네요."

그녀가 말했다. 데샤드는 말없이 다포딜을 바라봤다. 그건 마치 자연 속에 녹아들어 있는 듯한 모습이었다. 굉장히 신비하고 태곳적의 신비함이 간직된, 그냥 지금 세상의 것이 아니라는 생각이 문득 들었다.

아주 오래전 보았던 어떠한 책에서 마녀는 숲을 좋아한다고 했다. 데샤드는 여전히 그녀가 마녀가 아닌가 생각하고 있었다.

집으로 되돌아오는 길에 소나기가 내렸다. 다행히 평원과 가까운 숲의 초입이었고 그들은 뛰어서 집으로 들어와야 했다. 아무리 남대륙이라고 하더라도 비가 내리면 추운 것인지 몸이 서늘했다.

"이대로 있다간 감기에 걸리겠어요."

다포딜이 말했다. 데샤드도 고개를 끄덕였다. 다포딜이 천으로 데카르트의 몸과 발바닥을 닦으며 먼저 씻으라고 그에게 말했다. 데샤드가 고개를 끄덕이며 뜨거운 물에 몸을 담가야겠다고 생각했다.

"양서류 조심하세요. 이런 날은 가끔 나오거든요."

욕실로 향하는 그에게 다포딜이 충고했다.

데샤드가 잠시 욕실의 문을 열지 말지 고민했다.

추적이는 빗줄기 소리를 들으며 다포딜은 "역시 동쪽 거미!"라며 감탄했다. 진짜 동물과 곤충, 아니 이 세상에 소속된 모든 것과 대화를 하는 건가? 데샤드가 생각했지만 역시 믿지 못할 일이었다. 데샤드는 그가 읽을 줄 아는 언어로 된 책을 하나 꺼내 창가에 앉았다. 라탄으로 된 벤치가 이제는 익숙해지고 있었다. 남대륙에 어울리는 의자였다.

다포딜은 주방에서 오렌지를 뚝뚝 잘랐다. 그녀의 말에 의하면 오렌지는 다른 시각을 트이게 해준다고 했다.

너무 잘 보이게 만들어 그녀는 잘 먹지는 않는다고 했지만 얼마 뒤의 데샤드에게는 꼭 필요한 일이니 매 식사마다 먹으라고 오렌지를 건네주었다. 물론 데샤드는 오렌지를 싫어하지 않기 때문에 그것을 받아먹곤 했다.

사과와 오렌지, 가끔은 바나나. 평소 과일을 잘 섭취하지 않던 남자는 이곳에서 많은 것들을 먹고 있었다. 부디 이것이 습관 들지 않기를 바랄 뿐이다. 그가 사는 곳은 동대륙 서부의 사막과 가까운 도시라 과일이 귀한 편이다. 비싼 것에 맛들이면 안 되는데. 가기 전에 이곳 농장에 들려 동대륙까지 배송이 되는지 물어볼까, 그가 생각했다. 다포딜은 그가 모르는 갈색의 향신료를 냄비에 오렌지와 함께 퐁당퐁당 담갔다.

그녀의 옆에서 데카르트가 사과를 코로 집어주었다. 다포딜이 사과를 받아 들며 그의 코를 쓰다듬었다. 받아든 사과를 칼로 잘라 다시 그 냄비 안에 넣었다. 냄비에는 붉은 와인이 들어 있었다.

"일흔아홉이 이상적인 숫자라는 거 알고 있어요?"

다포딜이 말했다.

"연금술적 지혜가 우리에게 알려주니, 우리 스스로 영적인 목표의 질서와 지혜에 도달하기 위해서는 반드시 일흔아홉 개로 구성된 문을 거쳐야 한다. 그것이 일흔아홉 개의 문으로 구성된 것은 그 숫자가 궁극적 범위에 도달할 수 있는 기본적 최소의 숫자이기 때문이다."

"그래서?"

"이 술이 완성되기까지 79분이 걸린단 거예요."

"이거 언젠가 써도 되나?"

그가 웃으며 묻자 다포딜이 고개를 끄덕이며 대답했다.

"이 술이 원기 회복에 좋다는 것도 덧붙여주세요. 그러면 페어리에 대한 이야기를 해볼까요?"

데샤드가 고개를 끄덕였다. 창밖으로 선선한 바람과 함께 비 냄새가 났다. 곧 있으면 더 넓은 평야에 푸른 초목들이 새록새록 자랄 것이다. 시든 풀로 뒤덮였던 평원은 초원의 이름에 걸맞게 빛나고, 동물들은 아름답게 뛰어 놀 것이었다. 비가 내렸다. 두 번째 비였다.

"페어리는 아주 아주 강력한 존재들이랍니다."

페어리들은 아주 강력한 존재들이다. 사는 세계가 인

간이 머무는 곳과 다르다. 그들은 인간의 영역이 아닌 어딘가에 살고 있다. 마치 정령들처럼 말이다.

사실 정령들의 친구라고도 할 수 있었다.

하지만 정령은 아니다.

그들은 모든 곳에 있었으나, 또한 모든 곳에 없었다. 그들의 존재성에 대하여 인간들은 감지를 할 수 없다. 그것을 감지할 수 있는 사람들은 극히 드물었다.

휘황찬란한 마도시대의 초입에 돌입하고 인간들은 세상이 감춰낸 진실을 알아내기 시작했음에도, 그들의 삶에 떨어져 전설 너머로 사라져가는 것들에 대해서는 짐작하지 못한다. 오히려 과거에 살던 이들에게 더욱 밀접한, 어쩌면 정의 내릴 수 없는 것들.

"페어리들은 어떻게 보면 인간이랑 비슷해요. 조금 더 개구쟁이긴 하지만."

사람에게도 좋은 사람이 있고, 나쁜 사람이 있듯이 페어리들도 마찬가지였다. 모든 것엔 선악이 있다. 이것은 겉으로는 단순히 반대된 것으로 보인다. 그러나 그것은 같은 면모를 가지고 있다. 모든 인간은, 모든 생명체는 이 두

가지를 동시에 가지고 있다. 이것은 인간 과제 중 하나일지도 모른다. 선과 악의 균형. 그리고 그것은 사람에 따라 상대적이다. 상황에 따라서 상대적이기도 하다.

선하다는 것에 대한 규정은 삶에 긍정적인 영향을 끼치는지, 부정적인 영향보다 높은 비율에 미치는지에 따라 다르다. 이것은 우리 생활을 구축하며 그것을 지원하고, 외부와 내부를 포괄한다. 남대륙에서는 이것을 착한 본능인 데바와 악한 본능인 록샤샤의 싸움이라고 이야기하곤 한다. 그것은 꽤 낭만적인 표현이었다.

"사람에게도 좋은 사람이 있고, 나쁜 사람이 있잖아요. 페어리들도 마찬가지예요. 각양각색의 성격을 가졌죠. 단지 확실한 한 가지를 말한다면, 그들은 모든 것에 대가를 논한다는 거예요. 제가 그렇듯이 말이죠."

다포딜이 말하며 웃었다. 데샤드가 고개를 끄덕였다. 처음 이곳에 온 날을 떠올렸다. 그녀가 요청한 것들. 그녀는 대가가 꽤 크다고 말을 했다. 물론, 그가 생각했던 것과는 다르지만 어떻게 보면 큰 대가이기는 했다. 다포딜이 이어서 말했다.

"마음에서 우러나오는 감사로는 페어리를 보답할 수 없어요, 데샤드. 페어리들은 행한 것들에 대해 보답을 꼭 받기를 원하죠. 그래서 우리들은 언제나 그들에게 선물할 무언가를 준비해야 해요."

* * *

다포딜이 그날을 떠올렸다.

디안 두브 거리, 아시오르 강의 다리 위.

리쉬의 마지막 금요일 저녁.

아름다운, 작은 강 위를 지나는 고전적인 다리 위에 남자가 멍하니 물을 바라봤다. 술에 잔뜩 취해서.

반짝반짝했다. 그도, 달도, 술도, 페어리들도.

그는 단순히 반딧불이라고 생각했을지 모르지만 그것들은 페어리였다. 페어리들이 흥미롭다는 듯 데샤드를 바라봤다.

"사실 그때의 데샤드는 스스로 원해서 그런 일을 한 것이 아니었죠. 페어리들이 당신이 마음에 든 거예요. 그 주변의……."

"주변의?"

"그건 생략할게요. 어쨌든 데샤드는 반짝거리거든요."

그 말에 데샤드가 입을 다물었다. 반짝거리는 데샤드. 말도 안 되는 일이지. 그는 동대륙과 북대륙의 혼혈이다. 머리색은 동대륙처럼 짙다. 하지만 동대륙 북부처럼 검은색은 아니었다. 그가 팔을 들어 자신의 몸을 살폈다. 머리카락도, 몸도, 어딜 봐도 반짝이지는 않았다. 물론, 북대륙과 동대륙의 혼혈이라는 것이 사람들의 시선을 끌긴 하지만 그게 페어리의 눈까지 끌 것이라는 생각은 들지 않았다. 그가 다시 한 번 자신의 머리카락을 들어 바라봤다. 평범한 색이었다.

"아무리 봐도 반짝은 아니지 않나?"

"그런 반짝이 아니라……. 어쨌든요."

다포딜이 손을 내저었다. 말을 해봤자 그는 알아듣지 못할 것이다. 어쩔 수 없지. 대부분의 사람들은 시야가 트여 있지 않으니. 이해하지 못해도 상관없었고, 이해시킬 생각도 없었다. 과거, 아주 예전, 아니 그렇게 과거는 아니지만 그녀가 어렸을 때에는 주변에 전부 이런 사람밖에 없었지만 그것이 아니라는 것을 곧 깨달았다. 사실 그녀의 아버지도 이러한 능력은 없었다. 대부분의 인간이 이러한 지혜를 갖고 있지 못하다는 걸 다포딜은 잘 알았다.

"페어리가 좋아하는 건 반짝이는 것들이에요. 까마귀처럼."

까마귀. 그러니까 그때 내 꿈이 까마귀가 탐내는 금붙이 정도였다는 거군. 데샤드가 납득했다.

"내 꿈이 그렇게 대단한 건가"

그가 작게 말했다.

"거기 오류가 조금 있는데."

다포딜이 말을 하다 멈췄다. 사실 그들이 탐낸 건 데샤드가 가진 기운의 형태 자체였고, 꿈은 대가를 주지 않았기에 그들이, 정확히는 그녀가 강탈해 간 것이었다. 하지만 이미 오해한 거니까. 다포딜은 굳이 풀지 않기로 했다. 원래 오해는 하라고 있는 거 아니겠는가.

다포딜이 이어서 말했다.

"그리고 또, 달달한 것."

"달달한 것?"

"네. 달달한 거 좋아해요."

다포딜이 말하며 책을 펼쳤다. 분명 여기 어디에 있는데, 생각하며 그녀가 재빠르게 책장을 넘겼다.

"오, 이런 정보도 있구나. 그날 써먹어야지."

그녀가 말하며 한 장 한 장 살폈다. 책 넘기는 속도가 점점 빨라지다가 순간 멈췄다.

"여기 나와 있네요. 페어리를 기르는 방법."

다포딜이 말했다. 데샤드가 눈살을 찌푸렸다.

"길러볼래요? 별로 안 거슬려요. 우유랑 설탕을 매일 타서 주고, 가끔 특식을 주면 돼요. 거기다 방해받지 않을 자신의 방 하나 정도? 작은 공간이면 돼요. 어둡거나 습기가 차면 안 되고, 공기가 통하지 않아도 안 돼요. 그런 공간을 줬다간 화를 낼걸요? 성격이 좀 더러워야죠."

"그게 안 어렵다고?"

"뭐, 거슬리지 않는다는 의미에 귀찮지 않다거나 어렵지 않다는 것도 내재되어 있긴 하지만, 어쨌든 거슬리게 하지는 않아요. 생각해보니까 날개 소리 때문에 거슬릴 수도 있겠다. 하지만 귀여운걸요."
 다포딜이 말하며 웃어 보였다.

Chapter 3

네메톤

1

 작은 유리 단지에는 분홍빛과 자줏빛이 섞인 가루가 담겨 있었다. 하지만 그것은 많은 양이 아니었다. 다포딜이 미간을 찌푸리며 그것을 흔들어댔다.
 "이런, 어쩌지. 떨어져 가는 걸 잊었네."
 그녀가 말했다. 자주 부르지 않으니 떨어졌다는 것을 알아차릴 리가 있나. 다포딜이 뚜껑을 열어 검지를 넣었다. 살짝 묻어나온 가루를 엄지로 문질렀다. 꺼끌꺼끌한 감각이 느껴졌다.
 "역시 부족할 것 같아요."

"뭐가?"

"페어리 더스트."

데샤드가 그녀 손에 들린 작은 병을 바라봤다. 분홍빛 가루. 반짝이는 가루들이었다.

"그게 왜 필요해?"

"페어리를 만나야 하니까요. 페어리를 불러내려면 더스트를 좀 뿌려야 하거든요."

"페어리를 불러낸다고?"

"꿈을 돌려받아야 하잖아요. 잃어버린 꿈을 찾기 위해 이 먼 남대륙의 세블레, 그중에서도 굉장히 안쪽에 있는 므웨니 초원까지 찾아왔으면서 그걸 잊어버리면 어떻게 해요?"

다포딜이 타박했다. 그렇다고 해도 만날 거라고 생각하지는 않았다. 만나야 하긴 하겠지만 페어리가 나타나는 기간에 맞춰서라고만 알고 있었지 그들을 불러낼 거라는 생각은 하지 못했다.

"직접 불러낸다고?"

"그렇죠. 페어리들은 날이 따뜻해지면 나타나는 모기

나 파리가 아니에요. 때 된다고 나타나지 않거든요"

"하지만 그러면 난 왜……?"

"그녀가 당신의 꿈을 훔쳤을 때는 대가가 문제였고 그 이전에 당신에게 주어진 일종의 재능은……."

거기까지 말한 다포딜이 말을 멈춘 채 데샤드를 바라봤다. 시선을 받은 데샤드가 의아하다는 듯 자신 주위를 훑었다. 주위에 뭔가 있나? 데카르트가 근처에 왔나 싶었지만 데카르트는 그의 뒤가 아닌 다포딜의 뒤에 있었다. 얼굴에 뭐가 묻었나, 그가 생각하며 뺨 언저리를 만지작거렸다. 묻은 것 같지는 않은데. 그런 그를 바라보던 다포딜이 미소 지었다.

"그럴 만하죠."

그녀가 말했다.

"뭐가?"

"당신은 반짝반짝 빛나잖아요?"

그러니까 어디가 그렇게 반짝반짝 빛날까. 그 스스로도 빛남을 바라보고 싶다. 하지만 그의 눈에는 그저 칙칙한 동북대륙 혼혈의 남자가 보일 뿐이었다. 도대체 어떤

부분이 빛나는 거야, 다포딜을 바라봤지만 다포딜은 그보다는 그 뒤의 무언가를 보는 듯했다. 데샤드가 뒤를 획 돌아봤다. 물론 아무것도 없었다. 그 모습에 다포딜이 깔깔 웃었다.

"당연히 안 보이는 거예요."

그녀가 말했다. 당연히 안 보이는 것이면 도대체 그녀는 뭘 보고 있는 걸까 생각했지만 알려줄 것 같지 않았다. 다포딜이 어쩔 수 없지, 이야기하며 찬장을 가리켰다.

"데샤드, 설탕 좀 꺼내줘요."

"설탕은 왜?"

"페어리 더스트는 설탕이 주재료니까요."

"누구 맘대로?"

"누구 맘대로라니요? 당연한 거잖아요?"

당연이라니. 물론 페어리 더스트가 무언가로 만들어지기는 했을 것이다. 그러나 그것이 설탕은 아니리라 확신했다. 그럼에도 불구하고 데샤드가 찬장에서 설탕을 꺼냈다. 다포딜이 웃으며 그 설탕단지를 받아 들었다.

"너무 걱정하지 말아요. 윈이 알려줬거든요. 페어리 더스트가 부족하면 설탕을 섞으라고. 페어리들은 달달한 걸 좋아한다니까요."

"윈?"

"그러피드요. 요리를 알려준."

다포딜이 말하며 페어리 더스트 단지를 가리켰다. 사탕가게 마법상점. 그 상표를 본 데샤드가 고개를 끄덕였다. 요리를 가르쳐줬지만 요리를 못하는 마법사. 저번에 점을 볼 때에도 봤던 상표였다. 도대체 파는 게 사탕일까, 아니면 마법물품일까. 아직도 그 궁금증은 해결되지 못했다.

"그 마법상점은 남대륙에 있어?"

"마법상점이요? 아, 사탕가게?"

"그래. 그러피드의 가게. 남대륙에 있어?"

"아뇨. 북대륙. 정말 좋은 마법사예요, 그러피드는. 비록 기존 마법체계와 맞지 않아 고생을 하고 있기는 하지만, 좀 재수가 나쁜 것 같기도 하고."

다포딜이 작게 말하며 설탕을 떠서 페어리 더스트 단지에 담았다. 두 스푼. 아니, 세 스푼 정도가 괜찮으려나. 그녀가 더스트 단지 뚜껑을 닫고 뒤흔들었다. 페어리 더스트와 설탕이 뒤섞였다.

"물론 진짜 페어리들의 날개 가루를 채취하기는 해요. 하지만 그걸 제대로 불러낼 수 있는 사람들은 드물거든요. 그러피드는 가능하지만요. 저도 페어리를 불러내는 건 아주 오랜만이라, 안쪽에서 말린 이끼 좀 꺼내주시겠어요?"

그녀의 말에 데샤드가 찬장을 열었다. 말린 이끼가 왜 찬장에 있는지는 모르겠지만. 데샤드가 의아해하면서도 그것을 찾아 다포딜에게 던졌다. 다포딜이 공중에서 그것을 낚아챘다.

"임시지만 한 번 정도는 문제없을 거예요."

그 말은 문제가 있을 수도 있다는 거 아닐까? 데샤드는 입을 다물었다. 물론 그녀를 신뢰하지 못하는 건 아니었지만, 그렇다고 신뢰하는 것도 아니었지만 지금 이 순간만큼은 믿지 못할 것 같았다. 그래도 방법은 없지. 다포딜이 단지 안에 말린 이끼를 넣었다.

"이번에 헤이즈먼한테 새로 보내달라고 연락을 해야겠네요. 북대륙에 있었으면 좋겠다."

"그런데 그 헤이즈먼은 도대체 뭐 하는 사람이야?"

데샤드가 물었다.

"헤이즈먼요?"

다포딜이 되물었다. 그가 고개를 끄덕였다. 그녀는 그러피드를 언급하는 것만큼 헤이즈먼을 언급했다. 어쩌면 그러피드보다도 더 많이 언급했는지도 모르겠다.

"만난 적 있잖아요?"

다포딜이 더스트 단지를 유리막대로 섞으며 대답했다.

"언제?"

"언제라고 말하면 저도 잘 모르겠지만. 아마도 얼마 전에 만났을걸요?"

그녀가 말했다. 물론 완전히 확신할 수 없었다.

"헤이즈먼의 소개로 여기에 왔다면서요."

"뭐? 그 망할 마법사 말이야?"

데샤드가 되물었다.

데샤드가 잊어가던 마법사를 떠올렸다. 어디로 봐도 이상해 보이는 마법사였다. 천으로 머리와 얼굴을 둘둘 감싸 생김새는 제대로 보지 못했지만, 남대륙인은 아닌 남자였다.

* * *

"헤이즈먼은 제 생물학적 아버지예요."

"뭐?"

"아버지. 제가 탄생하는데 씨앗을 제공했죠."

다포딜이 좀 더 풀어서 말했다. 데샤드는 자신이 뭘 들었는지 모르겠다는 얼굴을 했다. 꽤나 충격을 받은 듯한 그의 얼굴을 가만히 보던 다포딜이 살포시 웃어보였다.

"사소한 건 신경 쓰지 말고 살아요. 그게 편해요."

그게 사소한 건가? 원래 인간은 사소한 것에 집착하고 신경을 쓰기 마련이다. 그런데 아버지라며. 어떻게 신경을 안 쓸 수 있지? 그러나 한편으로는…….

데샤드가 다포딜을 바라봤.

뭐든 상관없어 보이기도 했다. 그것이 정이 없다거나, 냉정하다는 의미는 아니었다. 다포딜은 종종 세상에 속하지 않은 느낌을 준다. 인과관계에 얽매이지 않는 듯한 인간 특유의 초탈함이 있다. 어쩌면 그녀가 그렇게 싫어하는 신관과 같은 분위기인지도 모르겠다.

여러모로 알 수 없는 존재였다.

다포딜이 하늘을 바라봤다. 어둠이 내려앉기 시작하면 초원의 끝에서 월출이 떠오른다. 태양만큼이나 붉은 색으로 떠오르는 달은 세상을 집어삼킬 듯한 빛을 내뿜지는 않았지만 세상을 구분하기에는 충분한 빛을 세상에 반사시켰다.

"오늘이 고리아스구나. 다행이네. 만드는 데 실패는 안 하겠어요. 주문만 잘 외우면."

"실패……. 그전에 고리아스가 뭔데?"

"달이 차오르는 때요. 파니아가 되면 일을 시작할 수 있어요."

"피니아는 뭐고?"

"달이 완전히 가득 찬 날이요. 사흘 정도 남았네요."

그녀가 하늘을 가리키며 말했다. 그는 달의 차오름 따위 볼 줄 몰랐다. 그러나 일을 시작한다는 것, 그리고 사흘 뒤라는 것이 의미하는 것이 뭔지 알 수 있었다.

"당연히 당신의 꿈을 되찾는 날이죠. 그때가 되면 집에 갈 수 있어요, 데샤드."

2

그날도 이상한 날이었다.

이곳에서 이상하지 않은 날은 단 하루도 없었지만.

그래서 도리어 이상하지 않은 날이 생긴다면 몹시 이상하게 느껴질 것 같았다. 어쨌든 이상한 날들이 연속되었다.

하지만 오늘은 더욱 이상했다.

데샤드는 새로운 손님을 보고 어떻게 반응을 해야 할지 몰랐다. 그 손님은 세 번째 손님이었고, 안에는 두 번째 손님이 자리하고 있었다. 첫 번째 손님은 새였다.

이 이야기는 두 시간 전에 시작한다. 데샤드는 느긋한 아침에 일어났다. 아주 이른 시간도, 아주 늦은 시간도 아니었다.

이거 참 태평하구만, 생각하며 그가 방 밖으로 나와 복도를 걸어 응접실 겸 주방 겸 생활공간인 그곳에 도달했다. 그리고 잠시 멍하니 앞에 있는 새를 바라봤다.

"……그러니까, 다포딜?"

데샤드가 그녀를 불렀다. 다포딜이 한번 돌아보더니 "이제 일어났어요?" 물으며 마른 천으로 닦고 있던 그릇을 마저 닦았다. 데샤드는 다시 테이블 위에 고고하게 서 있는 새를 바라봤다. 이 새는 이곳에 사는 새가 아니었다. 데샤드는 새에 대해 잘 알지 못하지만 이 새가 이곳에 살지 않는다는 것을 잘 알고 있었다.

"이 새는 뭐야?"

"이름이 뭐니?"

다포딜이 묻자 새가 다포딜을 향해 고개를 돌렸다. 새를 잠시 바라보던 다포딜이 말했다.

"아마디래요."

"아마디?"

"자유로운 남자라는 뜻이에요."

새의 이름이 자유로운 남자든 억압받는 남자든 데샤드에겐 상관없는 일이었다. 단지 그 새가 있을 곳이 이곳이 아니기에 그런 질문을 한 것이라. 데샤드가 말했다.

"저건 갈매기잖아?"

"그게 이상해요?"

"여긴 바다에서 먼 내륙이라고. 안 이상한 게 이상한 거 아니야?"

"그런 사소한 건 신경 쓰지 말아요. 갈매기가 내륙에 있을 수도 있죠."

어떻게 왔는지 궁금하지도 않은 건가. 데샤드가 생각했다. 하지만 그동안 있었던 여러 가지 상황을 떠올려 보면 갈매기가 이곳에 있는 것도 딱히 이상한 것은 아니었다. 코끼리가 하늘을 날고, 타조가 반려를 만나고, 동쪽 거미가 날씨를 알려주는데 내륙의 갈매기가 뭐가 대수겠는가.

일반론적으로는 그건 아주 이상한 일인 것이 틀림없었지만 이미 이상한 상황에 오랜 시간 노출된 데샤드는 그러려니 하며 창가 근처의 라탄 벤치에 앉아 사과를 하나 베어 물었다. 아삭거리는 소리에 귀를 움직인 데카르트가 그의 곁으로 다가왔다. 데샤드가 테이블 바구니에 놓인 사과를 하나 들어 데카르트에게 넘겼다. 그가 코로 사과를 받았다.

데샤드가 그런 데카르트를 말없이 바라봤고, 데카르트는 아무렇지도 않게 사과를 입에 넣고는 바람이 드는 선선한 곳에 가서 편안히 자리 잡았다. 저것 봐, 코끼리도 아무렇지 않게 생각하잖아. 내륙에도 가끔 갈매기가 올 때가 있지.

데샤드가 납득했다.

다행히 두 번째 손님은 평범하게 사람이었다. 그는 여기 거주하는 다른 사람들처럼 다포딜의 지혜를 빌리려는 사람이었다. 단지 그가 지혜를 빌린 대가로 가지고 온 것도 평범했다. 그는 한 끼라고 하기엔 지나치게 양이 많지만 딱히 못 먹을 것도 아닌 음식을 대가로 가지고 왔다. 그걸 들고 어떻게 여기까지 왔는가 싶었지만 밖에 묶어둔 말을 보고 납득했다. 다포딜은 아직 날씨가 선선해서 다행이라고 이야기하며, 점심을 차리지 않아도 된다는 사실에 기뻐했다.

데샤드 같은 경우는 다포딜의 엄중한 경고로 주방 출입이 금지되었다. 어차피 생활공간이 한정적이라 완전히 주방에서 벗어날 수 없었지만 말이다. 데샤드는 마치 사육이라도 당하는 것처럼 그냥 주는 대로 음식을 섭취했고, 그가 먹는 음식은 대체로 맛있었다. 지혜를 빌리러 온 사람의 대가도 굉장히 맛있었다. 데샤드는 다포딜과 함께 그 두 번째 손님과 같이 식사를 했고, 두런두런 이야기를 나누다가 해가 중천에 떠오를 무렵 가봐야겠다고 하는 남자를 배웅하기 위해 다포딜과 데샤드가 일어섰고, 문을 연 순간 세 번째 손님을 맞이했다. 그것은 낙타였다.

"······낙타?"

"낙타네요."

그것도 화려하게 장식된 안장을 찬, 거기다가 목걸이까지 한 낙타였다. 그냥 낙타로도 신기한데 목걸이를 한 화려한 낙타.

"세상에, 시마딘델라여."

데샤드가 말했다. 지금까지 많은 일을 겪었지만 주신을 찾은 것은 진정 오랜만이었다.

"낙타라는 생물이 이렇게 생겼었나요? 내가 아는 낙타랑 다르네."

두 번째 손님이 말했다.

신기한 것을 보는 듯한 그의 모습에 역시 이 낙타는 남대륙 동물이 아니라는 것을 데샤드는 확신했다. 갈매기에 이어 또 올 곳을 잘못 찾아온 손님이었다.

데샤드와 두 번째 손님은 낙타를 기이하게 바라보다, 그가 이제 정말 집에 가야겠다고 이야기하며 계단을 내려갔다. 다포딜이 말을 타는 그에게 손을 흔들어줬다.

"잘 가요, 다음에 또 오세요."

상냥한 작별을 고하는 다포딜을 바라보다 다시 데샤드는 낙타로 시선을 돌렸다. 그에게 낙타는 어색한 동물이 아니었다. 종종 여행이나 종교적 이유로 그의 나라 사람들은 죽음의 사막 초입까지 가는 경우가 있었다. 그 역시도 여행을 하는 동안 낙타를 많이 타보았다. 단지.

"남대륙에 웬 낙타야?"

데샤드가 말했다. 다포딜이 그런 그를 무시한 채 낙타를 쓰다듬었다.

"어휴, 여기까지 오느라 고생 많았어."

그녀가 말했다. 여기까지 오느라 고생 많았다니. 데샤드가 방 안쪽에서 평온하고 고고하게 서 있는 갈매기를 바라봤다. 저것이 도착했을 때도 그런 말을 했을까. 다포딜이 말했다.

"이름은 티틸라요래요. 좋은 이름이네요. 외모랑 어울려요."

"무슨 뜻인데?"

"영원한 행복이요."

* * *

영원한 행복. 데샤드가 생각하며 낙타를 바라봤다.

물론 이름과 얼굴이 매치가 되느냐고 묻는다면, 데샤드는 슬프게도 낙타의 얼굴을 구별하는 방법도 몰랐다. 아마 데카르트가 원래의 크기로 돌아온 뒤 다른 코끼리 무리에 섞인다고 하더라도 데카르트를 구분할 수 없었을 것이다. 갑작스럽게 길을 잃어 저 테이블 위에 자리하고 서 있는 갈매기와 정이 든다 하더라도 다른 갈매기 무리에 섞인 아마디를 구별하는 것 또한 할 수 없을 것이다.

그는 동물을 구별할 수 없다. 애초에 다른 대륙인들의 생김새도 제대로 구별하지 못하는데 동물의 외모라니. 그리고 외모랑 어울린다니 도대체 저 낙타는 낙타의 시야에서 어떻게 생긴 걸까. 데샤드는 그들을 구분할 수 없지만 저 낙타가 굉장히 아름답게 생겼을 수도 있다고 데샤드는 생각했지만. 역시 모르겠다. 데샤드가 일단 고개를 끄덕였다. 비록 그는 구별할 수 없는 저 낙타는 절세미녀일 테고, 그런 이름을 얻었으리라. 그렇게 납득했다. 다포딜이 낙타를 쓰다듬으며 말을 이었다.

"제 아버지다운 작명센스예요."

"아버지?"

"이 낙타, 아버지가 보낸 거거든요."

그녀가 말하며 낙타 목에 걸린 목걸이를 빼냈다. 아버지가 낙타를 보내는 경우는 동대륙이라면 자주 있기는 하지만 남대륙까지 그러는 경우가 있던가. 낙타는 어떻게 온 거지? 데샤드가 생각하는데 다포딜이 목걸이 안쪽에서 무언가를 꺼냈다. 편지인가? 데샤드가 생각했다. 다포딜이 그걸 펼쳤다.

"아직 동대륙에 있겠어요."

그것은 진짜 편지였다. 시계가 같이 들어 있었다. 다포딜이 시간을 확인한 뒤 내용을 읽어나갔다.

"평범한 안부 이야기네요. 동대륙에 오래 있는걸 보니 마음에 들었나 봐요."

그녀가 말했다.

데샤드가 낙타 티틸라요를 바라봤다. 당연히 동대륙에 있겠지. 동대륙 말고 이런 낙타가 있는 곳이 얼마나 될까. 일단 중앙대륙에는 없는 것이 확실했고 북대륙도 마찬가지다.

남대륙에는 낙타와 비슷한 것이 살고 있고, 그것도 낙타라고 부르고 있지만 이러한 형태의 낙타는 동대륙이 유일했다. 데샤드가 이 낙타도 사과를 먹나? 생각하며 일단 사과를 건넸다.

그러나 낙타는 그가 내민 사과를 바라보다 콧바람을 내쉬며 고개를 돌렸다. 사과 안 먹는구나, 데샤드가 생각했다.

"곧 북대륙에 가는구나. 비에트에도 들르겠죠?"

다포딜이 말하며 앉아 있던 난간에서 폴짝 뛰어내렸다.

"안 그래도 북대륙에 있었으면 좋겠다고 생각했는데, 뭐가 좋을까요?"

그녀가 이야기하며 집 안쪽으로 들어갔다. 데샤드 역시 달리 밖에 계속 있을 필요가 없다고 생각하며 그녀의 뒤를 따랐다. 다포딜이 걸어가며 말했다.

"배송 받을 거요. 페어리 더스트랑, 책이랑, 희귀한 뭔가가 왔으면 좋겠어요."

고양이의 눈물이라거나, 북대륙에서 자라는 식물이나. 얼음마법이 필요하겠지만 그 정도야 충분히 해줄 수 있는데, 그녀가 고심하듯 머리를 짚었다.

"뭘 요청해야 정말 잘 요청했다는 생각이 들까?"

다포딜의 말에 데샤드가 답했다.

"두고두고 생각해보는 건 어때?"

"슬프게도 그건 안 돼요."

다포딜이 말했다.

"한 시간 정도면 다시 그에게 돌아가게 되는 형태거든요. 일정 시간 동안 공간이동을 하는 거예요. 안 그러면 낙타가 이곳에 도착할 리 없죠. 아, 시간 되기 전에 편지 써야 하는데. 30분 정도밖에 남지 않았거든요"

그녀가 말하며 서랍을 뒤졌다. 그거 마법도구들 보관하는 서랍이 아닌가, 데샤드가 생각했다. 아니나 다를까, 나온 것은 양피지와 마법잉크였다.

다포딜은 어쨌든 나온 문구와 그 용도에 잠시 고민하는 듯하다가 결국 양피지를 꺼냈다. 그걸 편지지로 쓰려고? 데샤드가 그런 짓은 하지 말라는 듯 바라봤지만 다포딜이 무시했다. 그래, 이제 익숙하지. 내 돈도 아닌데 어떤가 싶었다. 다포딜이 말했다.

"뭐 좋은 거 없을까요?"

"북대륙 설산에서만 난다는 붉은 꽃 같은 건 어때?"

"어? 그거 좋은데요? 괜찮다. 그 사람도 고생을 좀 해봐야 해요. 정말 너무 곱게만 살아왔다니까요."

다포딜이 그녀의 아버지를 흉보며 말했다.

그거 말고 또 필요한 게 뭐가 있을까. 먹을 것 같은 것도 좀 있었으면 좋겠고, 아. 얼음마법으로 꽁꽁 올려서 보내라고 해야지. 그리고 북대륙에서 새로 나온 신간 같은 것도 좋겠다, 다포딜이 행복한 얼굴로 받을 것들에 대한 고민을 했다.

"그런데 다포딜. 이런 일이 자주 있어?"

데샤드가 물었다.

"이런 일이라니요?"

"이렇게 동물을 보내는 일말이야. 낙타 같은 거."

"자주 있어요. 낙타는 그나마 다행이죠. 예전에 정글에 있을 땐 도마뱀을 보냈다니까요? 얼마나 재빠른지 잡기도 전에 그대로 되돌아가버렸어요. 그때 필요한 게 있었는데 도마뱀한테 적어 보내지 못해서 못 받았지 뭐예요. 덕분에 해야 할 일이 늦춰졌다니까요. 좀 한 곳에 머물면 좀 좋아요? 그놈의 방랑벽, 되돌아오면 확 다리몽둥이가 분질러져야지!"

다포딜이 말했다. 아주 명랑하고 쾌활하게.

하지만 그것이 데샤드에겐 굉장히 무섭게 들렸다.

* * *

음식에는 그 특유의 냄새가 있다. 달걀이나 말린 과일뿐만 아니라 그저 밀을 말려 빻은 가루조차도 그 특유의 냄새가 있다. 그것이 나쁘다는 건 아니었다. 단지 바깥의 풍경과 지금 상황이 어울리느냐고 묻는다면, 그건 잘 모르겠다.

날씨가 서서히 더워진다는 것을 몸소 느낄 수 있었다.

밖의 평원은 날이 갈수록 푸르게 변하고 있었다. 오늘의 데카르트는 커다란 사슴 형태의 동물과 어울리고 있었다. 그러니까 어떻게 그렇게 친화력이 좋은 걸까. 다른 종족과의 사이에서 말이다. 창 너머로 엄청난 사교성을 자랑하는 데카르트를 바라보다 고개를 돌렸다. 그의 손에는 달걀이 들려 있었다.

비린내 나, 데샤드는 달걀 비린내가 싫다.

"페어리와 잘못 접촉하면 영향을 받아요. 별다른 해가

없긴 하지만 정상적 생활이 불가능할 정도로 영향을 받는 경우도 있죠. 달걀 껍데기는 절대 버리면 안 돼요!"

다포딜이 말하며 데샤드를 바라봤다. 당신의 경우도 그런 경우일까. 물론 사는 데 지장은 없지만 직업적으로 아무것도 할 수 없으니까. 다포딜이 생각하다 고개를 저었다. 뭐, 저 정도면. 그리고 어차피 곧 해결될 일이니까 상관없을 것이다. 그녀가 말을 이었다.

"사실 페어리는 굉장히 장난꾸러기예요. 별다른 해를 끼치지는 않지만 가끔은 화가 나게 한다니까요. 아이를 데려가 놓고 대신 못생긴 인형이나 천 살이 넘은 늙은 페어리를 그 자리에 둬요. 사실 늙은 페어리에게도 그건 황당한 일이죠. 자다 일어나니까 인간세상이니까요."

"그걸 인간들이 가만히 뒀단 말이야?"

"아이는 아침이 되면 돌아와요. 그냥 밤새 놀기 위한 거예요. 장난꾸러기라고 했잖아요?"

그녀가 말하며 채로 밀가루를 쳐냈다. 음식에 대한 모독이라는 죄명과 함께 주방 출입을 금지당한 데샤드였지만 오늘만큼은 그녀의 옆에 자리 잡고 있었다. 데샤드가 달걀을 깨서 흰자와 노른자를 분리했다.

"아, 섞였다."

"아악! 빨리 빼요! 어서! 노른자가 터졌잖아요!"

그러면 무엇 하나. 어차피 섞인 달걀인 것을.

"그냥 파운드케이크나 만들어야겠어요."

다포딜이 눈물을 머금으며 말했다. 잘 섞어달라는 그녀의 말에 데샤드가 있는 힘을 다해 거품기를 섞었다.

"페어리들이 파운드케이크 좋아하는 거 알아요? 견과류를 잔뜩 넣으면 엄청 기뻐해요."

시무룩한 모습에 알 수 없는 죄책감도 느꼈지만 금세 회복한 다포딜이 답했다. 그것참 다행이네, 생각하며 데샤드가 찬장을 열었다. 예전에 이 어딘가에서 견과류와 말린 과일을 본 적이 있었다. 안을 뒤적거린 데샤드가 그것을 꺼냈다.

크림처럼 변한 설탕에 다포딜이 여러 번에 걸쳐 잘 섞은 달걀물을 넣어 섞었다. 반죽을 몇 차례 살피면서 버터와 분리되지 않았는지 확인한 다포딜이 체로 쳐둔 밀가루와 호두, 말린 크랜베리, 아몬드, 캐슈너트 등 여러 가지

견과류를 넣고 잘 섞었다.

"페어리가 좋아하는 건 달밤, 달달한 것, 반짝이는 것. 브라우니를 좋아하는 페어리도 있죠. 그래서 제가 먹지도 않는 것을 사 왔다니까요. 조금 있다가 만들어야지."

그녀가 말하며 반죽을 틀에 넣었다.

사과를 졸여서 굽고, 과일을 넣어 술을 만들고, 브라우니를 만든다. 하루 종일 만든 요리에 데샤드가 지쳐버렸다. 물론 그는 보조만 하고 있었지만 말이다. 데샤드가 다포딜을 바라봤다.

그는 벌써 지쳐버렸는데 그녀는 아무렇지도 않게 활동하고 있었다. 밀가루로 뒤덮인 주방을 청소하고 물로 한 차례 닦아냈다.

물의 정령과 계약을 했으면 그들에게 부탁을 해서 빠르게 치워낼 수 있음에도 불구하고 그녀는 그런 행동은 하지 않았다. 그 부분은 데샤드가 이해할 수 없는 부분이었다. 마도시대가 시작된 지 얼마 되지 않았다. 겨우 한두 세대뿐이다. 그것이 발달하게 된 이유는 보다 편리한 삶을 추구했기 때문이다.

그것이 어떠한 문제를 가져온다는 말도 있기는 하지만 조금 더 효율적이고 편한 삶을 원하기에 그것으로 생물을 더 빠르게 자라게 하기도 하고, 정령들을 이용해 청소도 한다.

그에 대해 다포딜은 고개를 저었다.

"전 아쉐인걸요? 아쉐는 삶에 종속되는 모든 것을 바라보고 그것에 순응하죠. 그리고 순응하지 않는 것은 돌이키고 말이에요. 그래서 데샤드를 도와주는 거예요."

데샤드는 가끔 그녀가 하는 말이 이해가 가지는 않지만 어떤 의미인지 짐작은 할 수 있을 것 같았다. 짐작을 할 수 있다는 것 자체도 모순이지만 그의 사고에서 그녀는 이해할 수 없는 사람이었다. 그렇지만 확실히 물욕이 없기도 하지, 그가 생각했다. 만약 그에게 그런 능력이 있다면 어떨까. 여기저기를 돌아다니며 수많은 돈을 받고 능력을 펑펑 낭비하지 않을까. 그러다가 잘못 걸려 칼을 맞고 죽는다거나, 종교를 차린다거나. 그리고 기존 신전들에게 이단으로 찍혀 저 어딘가로 도망치다가 뭉크의 몽둥이에 맞아 죽는다거나.

"그쪽에게 그런 능력이 있어서 다행이야."

생각하니 조금 끔찍하기는 했다.

"네? 뭐가요?"

"아니, 세속과 상관이 없어 보여서."

"무슨 소리예요. 전 세속적 가치를 아주 잘 아는걸요."

다포딜이 답했다. 그녀가 밀가루가 잔뜩 묻은 천을 물에 넣고 비비며 털어냈다. 물이 뽀얗게 변했다. 몇 번이고 그것을 헹궈낸 다포딜이 또 다른 청소할 것이 없나 주위를 둘러봤다. 요새 할 일이 없어서 청소를 자주 했더니 별로 치울 게 없네, 그녀가 아쉽다는 듯 말하며 라탄 벤치가 있는 쪽으로 다가왔다. 데샤드가 말했다.

"하지만 탐욕으로부터 자유롭잖아. 앞으로 다가올 삶에는 무신경하고."

"과거는 이해하고 현대는 포용하고?"

"그리고 알 수 없는 이야기들을 하지."

"고대인의 지혜를 받았죠. 전 오래된 영혼이거든요."

오래된 영혼이 가진 의미는 잘 모르겠지만, 일단 그렇다고 하자. 데샤드가 웃으며 책을 펼쳤다. 무엇을 써야 할지 모를 때면 이곳에 와서 가득한 책을 잔뜩 읽고 가는 것도 나쁘지 않을 것이라고 생각하면서. 다포딜이 그의 심정을 알아차린 사람처럼 말을 이었다.

"제가 저번에 말했잖아요. 제 자유를 박탈하지 않으면 사회 제약에는 관심 없다고."

사람에 대한 판단은 그녀가 할 것이 아니었다. 그들이 어떤 직업을 가지고 어떤 행동을 하고 어떤 도덕적 문제가 있고, 탐욕이 가득차고 나태하다고 하더라도 그것에 비판적이거나 노여움이 일어나지 않았다. 나쁘게 말하면 인간성이 조금 결여되었지만 그러기엔 세상을 너무나도 세상을 사랑할 뿐이다. 그렇다고 멍청한 것은 아니다. 무엇이 나쁘고 무엇이 옳은지, 무엇이 위험한지 역시 잘 알고 있었다.

"전 세속적 야망이 없을 뿐이에요. 서열, 권력, 부에는 커다란 매력이 없죠."

"그럼 뭐에 관심이 있지?"

"제 대가를 기억해요?"

다포딜이 말했다. 데샤드가 고개를 끄덕였다.

* * *

첫 번째 날, 그녀는 여러 가지 요구를 했다. 대가에 대해서. 어려운 것은 아니었다. 돈은 조금 들 것 같긴 했지만, 생각과 달라 당황한 것은 사실이었다.

"기억하지. 비싸다고 하길래 엄청난 걸 생각했는데."

"실제로 비싸기도 하잖아요?"

"하지만 보통 그런 것을 원하지는 않으니까."

데샤드가 말했다. 다포딜이 난색했다. 그런 것이라니.

"무슨 소리예요? 물물교환이 얼마나 좋은데요."

"하지만 보통 돈을 원하잖아."

"그건 도시에서나 그렇죠. 이곳에서 돈은 별다른 의미가 없어요. 원래 화폐라는 건 그렇죠."

"그런 물건은 의미가 있고?"

"보물이죠."

도대체 어떻게 살아왔길래 그러한 것이 보물이 될 수 있을까, 그가 생각했다. 데샤드는 자신이 살아온 과거를 떠올렸다.

정형화된 교육 체계와 오랜 관습, 규칙, 모두가 한 가지 이상만을 말하고 그것이 최고이며 옳은 선택이라는 사고 속에서 살아간다. 미래를 위해 노력해야 하고, 좋은 직업을 얻어야 한다. 그런 의미에서 안 팔리는 작가라는 타이틀을 단 데샤드는 일종의 실패자라고 주위에서는 보고 있었다.

그 시선은 작품이 팔리기 시작하자 단숨에 바뀌었고 그것에 기뻐하는 것이 일상이다. 그것이 평범한 것이라 데샤드는 생각했다.

사람은 환경에 영향을 받는다고 하는데 만약 그가 그녀와 같은 삶 속에서 살아왔다면 또한 다를까, 그런 생각을 하며 데샤드가 물었다.

"당신은 어릴 때 어떤 아이였어?"

"저요?"

다포딜이 답했다.

"멍청하고 까다로운 아이었어요. 꾸짖음을 받으면 하루 종일 행방이 묘연했대요. 사과나무 위에 올라가서 숨어서 말도 안 하고 움직이지도 않고 숨소리도 내지 않았죠.

보이지 않는 사람처럼요. 오죽하면 할머니가 사자한테 물려 간 줄 알았다고 했다니까요?"

다포딜이 이야기하며 깔깔 웃었다. 그건 웃을 일이 아니라고 데샤드가 생각했다.

하늘이 점점 붉게 물들었다. 비가 내릴 것처럼 뿌옇게 안개가 피어오르는 듯했다. 안개라기보단 흙먼지 같은 느낌도 들었지만 그것이 무엇이라 정의 내릴 수 없었다. 멀리 떠나는 동물들 앞으로 데카르트가 집으로 돌아오는 모습이 보였다. 다포딜이 어서 오라는 듯 그에게 손을 흔들었다.

"오늘도 재밌는 이야기가 가득하겠어요, 밤새 끌어안고 동물들의 세계를 들어야겠네요."

다포딜이 말했다. 데샤드가 고개를 끄덕였다. 이해할 수 없는 부분이었지만 이해하려고 하는 것이 이상했다.

"날이 서서히 어두워지네요. 준비하고 숲으로 갈까요?"

3

살류의 보름, 꽉 찬 달이 창 너머로 보였다.

다포딜이 집 안에 있는 모든 금속들을 꺼냈다. 그것들은 하나같이 반짝이지 않는 것들이었다. 저런 것을 왜 가지고 있는지, 또 왜 꺼내는지 이유를 알 수 없었지만 묻는다고 대답해줄 다포딜이 아니었다.

"거기 나뭇가지 좀 주실래요? 훼언의 30일이라고 적힌 개암 나뭇가지요."

그 말에 데샤드가 뒤를 돌아봤다. 나뭇가지가 어디 있는 거야, 생각하다가 라탄 벤치 옆쪽에 위치한 자기에 꽂혀 있는 나뭇가지들을 발견했다. 장식용인 줄 알았는데 장식이 아니었나 보다. 그가 나뭇가지 몇 개를 들어 올렸다. 나뭇가지들에는 각각 날짜와 나무의 종류가 적힌 종이가 붙어 있었다. 데샤드가 훼언의 30일이 적힌 개암나무를 꺼내 다포딜에게 넘겼다.

"훼언의 30일은 벨테인이라고 불려요. 이쪽 이야기는 아니지만, 이때 자른 나뭇가지는 페어리를 쫓는 데 좋다고 하거든요. 이걸로 밖에서 문을 걸어 잠글 거예요. 혹시 모르니까 창문마다 후추 가루 좀 뿌려줄래요?"

그녀가 말하며 데카르트의 머리를 쓰다듬었다.

"다녀올 테니까 조용히 있어. 누가 와도 문 열어주지 말고!"

다포딜이 말했다. 물론 문을 열어주고 싶어도 코끼리는 문은 열지 못하겠지만 일단 말을 해줘야 안심하는 듯했다. 데샤드가 잔뜩 챙긴 음식 바구니를 들었다. 안에는 빈 달걀 껍데기도 있었다.

왜 껍데기를 버리지 말라고 했는지 이제야 알 것 같았다. 물론 그 용도가 무엇인지는 알 수 없었다. 다포딜이 서랍을 뒤졌다. 그녀가 원하던 무언가를 찾았는지 그것을 들어 올렸다.

"그리고 구리 반지!"

그녀가 액세서리가 가득한 통을 꺼냈다. 그 속에서 구리 반지를 찾아야 하는 거군, 데샤드가 생각했다. 다포딜이 뚜껑을 열어 안을 뒤적거렸다. 길게 늘어진 목걸이와 여러 가지 펜던트, 보석들이 안에 가득 차 있었다. 그것들은 하나같이 독특한 느낌을 주었다. 그리고 굉장히 관리가 잘되어 있었다.

"선물할 은반지도 챙겨야 할까요?"

다포딜이 말했다.

"페어리한테 은반지를 선물한다고?"

"네."

"상관은 없겠지만 페어리한테는 크지 않겠어?"

"그것도 그렇겠네요."

그녀가 대답했다. 페어리들은 아무래도 크기가 다르니까. 그렇다고 머리에 왕관처럼 쓸 수도 없었다. 페어리들이 작다고 하지만 왕관으로 사용하자니, 그들의 머리가 너무 컸다. 다포딜이 고민하듯 보석과 액세서리로 가득한 통을 내려다보다 손을 뻗었다. 그녀가 작은 동전 형태의 무언가를 집어 들었다.

"그럼 은 펜던트로 해야겠어요."

다포딜이 말하며 웃어 보였다.

이상하게 그날은 습도가 높은 것 같았다. 하늘 위의 달은 그 둥근 아름다움을 내뿜듯 환하게 빛나고 있었고 그 언저리에는 구름이 걸려 있었다. 서서히 올라오는 녹색 풀풀들이 간직한 수분 때문인지 안개가 피어오른 느낌이다. 그것이 안개인지 무엇인지 알 수 없었지만 이상하게 세상이 뿌옇게 변해 있었다.

"오렌지 때문이에요."

다포딜이 말했지만 이해할 수 없는 이야기였다.

다포딜이 손 안에 작은 빛을 만들어내 허공에 띄웠다. 찌르르찌르르 울리는 풀벌레 소리가 요란했다. 평소에도 은근히 들려오는 벌레 소리는 오늘 더욱 격렬한 듯했다. 발걸음을 옮길 때마다 파삭거리는 소리가 들렸다. 아직 수분이 덜 찬 마른 잎이 남아 있었다. 그것과 다르게 축축하고 부드러운 풀이 밟히는 느낌도 났다. 곳곳에 올라온 고사리가 보였다. 이러한 기후에서 자라는 것이 가능한가, 데샤드가 생각했다.

숲의 기온은 서늘했다.

밤이라서 그런 것인지 모르겠지만 유달리 서늘하고, 밖의 공간과는 다른 영역으로 보였다.

헛발질을 하는 데샤드에게 다포딜이 손을 내밀었다. 데샤드가 그 손을 잡았다. 서늘한 감각이 느껴질 것 같았던 그녀의 체온은 온기로 가득 차 있었다.

키브웨의 숲은 남대륙의 일반적인 숲과는 다르다.

그러나 또한 다른 대륙의 따뜻한 온대의 숲과도 달랐다. 다포딜은 울창한 숲과 위험한 늪이 도사리는 곳이라 말했다. 물론 늪은 이렇게 평야와 밀접한 곳에 위치해 있지 않았지만 안쪽으로 깊게 들어가면 위험한 것들이 도사리고 있었다. 나무들은 그저 손에 만져지는 것뿐만 있는 것이 아니다.

그 이상의 것, 눈에 보이지 않는 정령과 눈에 보이는 정령, 그리고 페어리들로 가득 찬 신성한 공간이며 숭배를 받는 살아 있는 신전이었다.

* * *

아주 고대에는 그러했다.

엘프들은 네메토나라는 여신을 숭배한다. 그들은 숲속 빈터를 자연적으로 형성된 신전, 작은 숲이라고 여기며 여신에게 바쳤다.

그것이 네메톤의 기원이었다. 다포딜은 이 신전을 잘 알고 있었다. 아주 어린 시절의 어느 날, 할머니의 손에 이끌려 처음 본 네메톤을 아직도 확연하게 기억하고 있다. 누가 그것을 발견했는지는 모르나 이것은 아주 오래전부터 아쉐들에 의해 관리되어 내려왔다. 아주 오래전 또 다른 누군가가 도움이 필요한 사람들을 네메톤으로 이끌었을지도 모른다.

키브웨네메툰. 아쉐의 근원. 이곳의 나무들로부터 삶을 이어받고, 죽은 나무들로부터 예언을 내려 받는다. 그녀의 집도, 예언을 위한 도구도 모두 이곳으로부터 행해졌다.

조금 더 걷자 그녀가 말하는 신성한 자연의 신전이 보였다. 빈 공터는 안개가 짙게 끼어 있는 듯했다.

그 숲은 얼마 전에 봤던 숲과는 다른 형태였다. 무엇이 달라졌는지 데샤드는 알지 못했다. 그는 숲의 형태를 읽어 낼 수 없었다. 그가 데카르트와 다른 코끼리를 구분하지 못하듯 각 나무들을 구별하는 능력 따위는 없었다.

"빌라라고 아세요? 가장 신성한 나무를 말해요."

데샤드가 비어 있지 않은 신전을 바라봤다. 샘의 뒤쪽, 어떠한 것이 생겼다. 다른 나무들은 구별하지 못하지만 그 것은 기존에 있던 나무가 아니라고 확신했다. 그 나무는 아주 커다랗지는 않았다. 하지만 굉장히 큰 영역을 가진 것으로 보였다. 다포딜이 말을 이었다.

"그것이 어떤 종류의 나무인지 아무도 몰라요. 그저 아주 거대한 고목이죠. 평소에는 보이지 않아요. 보름달이 차오른 밤에만 나타나죠. 아쉐들은 항상 그것이 신기했지만 그에 대해 의문을 가지지는 않아요. 세상은 우리가 알지 못하는 것으로 가득 차 있거든요."

다포딜이 말하며 그를 숲 안쪽으로 이끌었다. 숲 안의

작은 숲, 신전, 네메톤. 그러한 이름을 가진 공간에 발을 내딛는 순간 땅으로 훅 꺼지는 듯한 느낌을 받았다. 그가 밟고 있는 풀들이 정말 풀로 이루어진 것인지 알 수 없었다. 그가 느낀 것은 이것이 일반적인 공간이 아니라는 것이었다.

"빌라는 다른 세계의 경계이자, 위대한 지혜와 힘의 근원이에요. 특히 이것은 항상 샘 근처에 있는데, 이 샘을 통해 다른 곳과 연결시킬 수 있죠. 다른 세계와의 통로라고 할 수 있어요. 이곳은 인간의 손길이 최대한 닿지 않도록 관리해요. 나뭇가지들이 서로 뒤얽혀 만들어낸 어두컴컴하고 시원한 공간 상태로."

다포딜이 말했다.

"저번의 청소가 이해 가지 않았죠? 그건 빌라의 장소를 제대로 설립하기 위함이었어요."

그녀가 나무를 가리켰다. 작은 나무, 그러나 아주 커다란 영역을 가지고 있는 그 나무는 아무것도 느끼지 못하는 데샤드의 눈에도 생명력이 가득 차 보였다. 그런 나무 주위를 둘러싼 다른 나무들은 마치 자신들의 의지로 잎을 흔들어대는 것처럼 바스락거리는 소리를 냈지만 숲에는 한 줄기의 바람도 불어오지 않았다. 바람조차 숲에 들어오지 않으려는 듯.

데샤드가 그 공간을 바라봤다. 어두운 샘물이 눈에 보였다. 너무나도 까매서 검은 잉크를 물에 풀어놓은 것 같았다. 통로라는 말이 그렇게 잘 어울릴 수 없다.

"혹자들은 이것을 세계수라 불러요. 그리고 이것은 각 대륙에 위치해 있고, 그것을 지키는 이들이 따로 있죠."

그리고 이 숲은 너무나도 무서웠다. 과연 인간의 몸으로 이곳을 밟아도 되는 건가 싶을 정도로 무서웠다. 다포딜이 안심하라는 듯 웃어 보였다. 역시 조금 힘들지도 모르겠다고 그녀가 생각했다. 그래서 그렇게 매끼 고기를 먹이고, 몸을 깨끗이 하고 불순물이 탈 수 있도록 여러 가지를 먹였는데 한 달 정도는 부족했던 걸지도 몰랐다. 다포딜이 그를 일으켰다.

"현명한 자가 아닌 사람 중에서 완전한 숲의 네메톤에 들어오는 것은 일단 내 대에는 당신이 처음이에요, 데샤드. 21년 동안 그 어느 대륙에서도 이곳에 들어온 인간은 없어요. 이건 영광으로 알아야 할 거예요."

그녀가 말했다.

"사실 당신이라면 동대륙 사막으로 가는 편이 더 나을지도 모르지만 그쪽은 잘못하면 탈수로 죽으니까요."

뒤이어 하는 말이 꽤 소름 끼쳤지만 데샤드의 귀에는 그런 것이 들리지 않았다.

"어쨌든 아버지를 만나서 다행이에요."

그녀가 말했다.

"진실한 키브웨네메툰에 어서 오세요, 데샤드."

* * *

숲속, 신이 머무는 자리.

혹은 그들에게 바쳐진 신전은 다른 공간.

네메톤은 보이지 않는 정령들을 보다 쉽게 불러낼 수 있는 곳이었다. 네메톤에 있으면 인간과 계약을 할 수 있는 사대정령과는 다른 또 다른 전혀 인지할 수 없는 정령들의 기운을 느낄 수 있었다. 다포딜은 부산스러운 주위의 또 다른 정령들을 바라보며 웃었다. 샘의 앞쪽, 잘린 나무 밑동에 다포딜이 챙겨 온 것들을 나열했다.

몇 가지 먹을 것들, 나무 열매, 구운 사과와 케이크, 브라우니, 술. 그것을 보며 란트패티르가 신기하다는 듯 손가락으로 톡톡 쳤다. 다포딜은 그런 그들의 행위를 그저 바라만 봤다. 그들은 인간의 것은 먹지 않았다. 또한 동식물로부터 나온 모든 것을 먹지 않았다. 그들을 살게 해주는 것은 오로지 생명이 깃든 물뿐이었다. 구경을 하던 란트패티르들은 곧 흥미를 잃었는지 숲속을 노닐었다.

"이쪽으로 와요, 데샤드."

데샤드가 그녀를 바라봤다. 다포딜은 밑동 앞쪽에 앉아서 자신 옆의 빈 곳을 톡톡 쳤다. 데샤드가 발걸음을 옮겼다. 그것조차 힘들었다. 묵직한 것이 발목을 잡고 놔주지 않는 듯했다 마치 늪처럼. 순간 이쪽에 위험한 늪이 도사렸다는 말이 떠올랐다. 하지만 이곳은 그가 한번 와본 곳이었다. 늪 따위는 없었다. 만약 그녀가 이곳에 미리 데리고 오지 않았다면 데샤드는 무서워 도망쳤을지도 몰랐다. 자연이 무섭다고 느낀 것은 처음이었다. 그저 인간이 사는 데 있어 부속적인, 혹은 같이 살아가는 것이라고만 느꼈다. 그것을 가까이에서 볼 기회도 없었다. 그러나 그가 아는 자연은 무서운 것이 아니었다.

"데샤드, 너무 걱정하지 말아요. 제가 그동안 당신의 시야를 조금 열어놔서 그래요. 하지만 이곳에 들어오려면 어쩔 수 없었으니까요. 그 어떤 것도 당신에게 해를 끼치지 않아요."

그녀가 말하며 손을 내밀었다. 데샤드가 천천히 걸음을 옮겨 그녀의 손을 잡고 옆자리에 앉았다. 그러자 다시 따뜻한 무언가가 주위를 감싸는 듯했다. 그리고 숲의 영역의 냄새가 더 확연하게 들어왔다.

데샤드가 앞의 나무를 보았다. 빌라라는 이름을 가진.

나무가 반짝였다. 그것이 어떠한 색인지 판단할 수 없었지만, 반짝였다. 녹색 같기도 하고, 노란 빛 같기도 했으며 또한 하얀색이기도 했다. 혹은 그것이 진짜 빛인지, 진짜 존재하는지조차 알 수 없었다. 다포딜이 가져온 술을 잔에 따라 데샤드에게 넘겼다.

"자, 한잔해요!"

"페어리들을 위한 것이 아니었어?"

"물론 그들을 위한 거지만, 페어리가 이걸 다 마실 수 있는 건 아니잖아요?"

"하지만 그들을 위한 건데 그들보다 먼저 마셔도 되는 건가?"

"상관없는데요? 아, 동대륙은…… 그렇구나."

다포딜이 고개를 끄덕였다. 그들도 이렇게 무언가를 바치는 행위를 하곤 하지. 물론 숲이나 정령이 아니라 그들이 있게 해준 그 가문의 최초를 숭상하는 것이지만 말이다. 나도 최초의 아쉐한테 한번 해볼까, 다포딜이 생각했다. 물론 그런 행동은 하지 않을 것이다. 그런 짓을 했다간 최초의 아쉐가 제정신이냐는 얼굴로 그녀를 바라볼 테니까. 더불어 그녀들처럼 힘이 강한 이들은 웬만하면 그런 짓을 안 하는 것이 좋았다. 다포딜이 말했다.

"동대륙에서는 누군가에게 바치는 건 그들이 먹고 난 다음에 먹죠? 하지만 이건 페어리의 축복이 깃드는 게 아니니까요. 그 방식은 자신의 혈연에게 축복을 주는 방식인 걸요. 오로지 피붙이에게만."

"난 네가 무슨 소리를 하는지 모르겠어."

데샤드가 말했다.

"술을 마셔도 된다는 뜻이에요."

다포딜이 웃으며 잔을 들어 올렸다. 이래도 되는 건가 싶었지만 데샤드가 술잔을 받았다. 다포딜이 하늘을 바라봤다. 드넓은 풀로 가득 찬 숲은 하늘이 잘 보이지 않겠지만 그 공간, 네메톤은 비어 있어서 달의 형태가 확연히 보였다. 다포딜이 다른 잔에 술을 따르며 말했다.

"아직 시간 여유가 있네요. 얼마 남지는 않았지만."

다포딜이 술잔을 기울였다.

* * *

둥근 달이 하늘의 중심에 자리했다. 다포딜이 다시 하늘을 올려다봤다. 겸사겸사 안주라며 브라우니 한두 조각을 집어먹은 다포딜은 너무 달다면서 여전히 그것을 집어먹었다. 그러다가 페어리에게 줄 것이 사라지겠다고 데샤드가 말리자 아쉽다는 듯 손을 멈췄다. 달빛이 숲의 신전한가운데로 흘러들어왔다.

"이제 시간이 되었네요."

그제야 다포딜이 이야기하며 페어리 더스트가 담긴 단지를 열었다. 단지 속에서 물 냄새가 나는 듯했다. 다포딜이 더스트를 빌라와 샘, 그리고 나무 밑동을 둘러 뿌렸다. 데샤드가 그 안에 있었다.

그 고운 설탕가루가 풀 언저리에 떨어져 내렸고 반짝반짝 빛이 났다. 설탕이라고 믿지 못할 정도로. 페어리의 가루가 섞이기는 했구나, 데샤드가 생각했다. 한 치의 틈도 없이 원을 둘러 전부 가루를 뿌린 다포딜이 원 안으로 들어왔다. 데샤드가 들어오는 그녀를 가만히 바라봤다. 다포딜이 미소 지었다.

"눈 뜨지 마세요, 데샤드."

다포딜이 말하자, 데샤드가 눈을 감았다.

다포딜이 몇 가지 도구를 꺼냈다. 말린 식물의 가루나 보석 가루 따위로 이루어진 것이었다. 가끔 독특한 무언가도 있을 것이다. 다포딜이 붉은 가루를 넷째 손가락으로 찍어 데샤드의 이마 정가운데에 갖다 댔다. 그리고 아래에서 위로 올렸다. 그리고 자신의 이마에도 똑같이 붉은 가루를 길게 세로로 묻혔다. 손을 털어낸 다포딜이 검지를 샘 표면에 톡 내리쳤다. 물이 작은 파장을 퍼뜨렸다.

"숲속 빈터에 내린 달빛. 아가씨의 열쇠, 비밀의 자두."

다포딜이 말했다.

천천히, 아주 낮은 목소리와 독특한 발음이었다. 울리는 것 같은, 높으면서도 낮은 것 같은, 그녀의 목소리가 아닌 것 같은 특정한 발성이었다. 따라 하려고 해도 따라 할 수 없는. 신에게 바치는 노래와도 같은 파장이 울렸다.

"시끄러운 여우장갑."

그녀가 다시 한 번 샘의 표면에 검지를 튕겼다. 다시 물이 파장을 일으켰다. 먼젓번보다 더 큰 파장이었다. 다포딜이 마지막으로 말했다.

"신랄하고 까다로운 하얀 봄의 문."

마지막 문장을 내뱉자 검은 샘물에서 하얀 빛이 새어 나왔다. 갑작스러운 빛에 다포딜이 눈살을 찌푸렸다. 데샤드는 눈을 감고 있음에도 불구하고 새하얀 낮처럼 느껴질 정도로 강한 빛에 감은 눈을 더욱 꼭 감았다. 손으로 눈앞을 가린 다포딜이 그것을 응시했다. 얼마 남지 않은 시간이었다. 그것에서 새어 나오던 빛이 서서히 줄어들었다.

조그마한 날개 소리가 들렸다. 곧 작은 빛들이 퍼졌다. 반딧불이처럼 그것들이 주위를 맴돌았다. 다시 한 번 파다닥, 날개가 움직이는 작은 소리가 들렸다 다포딜이 웃어 보였다. 문이 열렸다.

강렬한 빛이 사라지고 특정한 소음이 데샤드의 귀에 들렸다. 다포딜이 그에게 눈을 떠도 된다는 말을 했다. 데샤드가 눈을 떴다. 공간이 이상하게 선명한 느낌이었다. 시력이 조금 좋지 않은 데샤드의 눈에도 너무 확연하게 무언가가 보이는 느낌이다. 숲의 형태와 색이 도드라졌다. 그가 미간을 찌푸리며 눈을 비볐다. 좋은 것 같으면서도 아닌 느낌이 들었다.

그런 그의 눈앞에 무언가가 확 다가왔다. 하얀 빛으로 가득 찬 것은 붕붕거리는 파리 소리를 내고 있었다. 데샤드가 놀라 뒤로 살짝 물러섰다. 그의 얼굴 가까이에서 멈춰선 작은 여자가 까르르 웃어댔다.

"페어리예요."

"페어리가 사람의 눈에 확연하게 보이나?"

"그걸 볼 수 있게 하려고 그동안 그 주스를 그렇게 먹였는걸요?"

데샤드가 입을 다물었다. 아무도 그 주스가 그런 용도라고 생각하지 못할 것이었다. 다포딜이 웃어 보이고는 손가락으로 톡, 작은 손님을 만졌다. 그녀들이 웃으며 다포딜의 손가락에 달라붙었다.

* * *

"안녕, 이웃 사람. 물어볼 것이 있어요."

그녀의 말에 페어리들이 호기심을 가지고 근처에 몰려들었다. 데샤드에게 붙어 있던 페어리들도 다포딜이 있는 곳으로 이동했다. 데샤드가 멍하니 풀밭 위에 앉아 그것을 바라봤다. 말도 안 되는 상황이었다. 상상으로도 불가능한 것이 그의 앞에 놓여 있었다.

"글렌게일에 사는 누군가가 꿈을 훔쳐 갔어요."

다포딜이 손가락으로 데샤드를 가리켰다. 다포딜의 손

가락에 따라 페어리들의 시선이 그쪽으로 이동했다. 몇몇 페어리들이 데샤드와 다포딜을 바라봤고, 몇몇 페어리들은 데샤드가 마음에 드는지 그에게 날아왔다. 반짝이는 하얀 빛들과 떨어지는 가루와 작은 얼굴들. 세상에, 시마딘 델라여. 페어리야. 진짜 페어리야.

데샤드가 놀란 듯 그것들에 손가락을 가져갔다. 하지만 차마 직접 손가락을 대어보지는 못했다. 페어리들이 깔깔거리며 그의 손가락에 달라붙었다. 다포딜이 말했다.

"저 남자의 꿈이에요."

데샤드가 마른침을 삼켰다.

페어리들이 좋아하는 것은 여러 가지가 있는데 그중에는 꿈조각도 있다. 특정한 꿈조각은 달콤하고, 반짝거려서 페어리들이 좋아하기 딱 좋은 것이었다. 꿈은 원래 시간이 흐르면 잊히기 마련이나, 어떠한 경우는 잊어버릴 만한 시간이 채 흐르기도 전에 사라지는 경우가 있었다. 그런 경우는 대개 페어리들이 훔쳐 간 것이었다. 페어리들은 달콤하고 반짝이는 꿈들을 훔쳐 자신의 집 어딘가에 장식해두었다.

어떤 페어리들은 심각한 꿈 수집가이다.

그녀들은 특정한 사람을 정해놓고 쉴 새 없이 꿈을 훔쳐 간다. 그럴 때에는 악몽을 꾸는 주문을 불러보는 것도 좋다. 그렇다면 악몽에 놀란 페어리가 도망가는 경우도 있었다.

물론 데샤드의 경우는 그의 삶에 나타날 앞으로의 모든 꿈까지 강탈당한 상태였다.

"단순히 꿈조각을 훔친 건 괜찮아요. 당신들이 사람들의 꿈조각을 훔치는 건 알고 있어요."

그녀 주위로 페어리가 날아다녔다. 다포딜은 편안하게 풀밭 위에 앉아 그녀들과 대화를 했다.

"네? 그렇죠. 굳이 사람만 훔치는 건 아니죠. 고양이의 꿈은 어떤가요? 아, 데카르트요? 제 코끼리의 꿈도 훔쳤어요? 어떤 꿈이던가요?"

데샤드가 다포딜을 바라봤다. 그녀는 처음 사귄 친구와 서로의 성향을 파악하는 것처럼 재잘재잘 이야기하고 있었다. 페어리들을 상대로.

"그렇죠. 사과를 좀 좋아해요. 하루 종일 먹어도 질리지 않는다니까요. 가끔 사과나무 한 그루를 더 심어야 한다고 생각할 정도예요."

그것이 아주 이상한 모양이라는 것을 다포딜은 알고 있을까. 알아도 별로 신경 쓰지는 않을 것 같지만 말이다.

"네. 종종 훔쳐 가주세요. 하지만 통째로 훔쳐 가는 건 안 돼요. 삶에 배당된 모든 꿈을 가져가다니, 그러면 굉장히 곤란하단 말이에요. 살아도 사는 것이 아닌 형태가 되기도 해요. 저 남자를 보세요. 그렇게 반짝거렸는데 지금 푸석푸석하잖아요."

다포딜이 데샤드를 가리켰다. 다시 한 번 데샤드에게 페어리들의 시선이 집중되었다. 안타까워하는 얼굴이었다. 페어리의 표정이 읽히는게 정상인가? 아니, 그 전에 동정을 받아도 되는건가? 데샤드는 부담스러운 시선을 애써 모른척 하며 자신의 주변을 배회하는 페어리들을 바라봤다. 날개 소리와 함께 웅웅거리는 말소리가 들렸지만 정확히 그들이 어떠한 말을 하는지는 알 수 없었다.

"저 남자는 꿈을 통째로 도난당했어요. 덕분에 영혼의 일부로 사라졌죠. 꿈조각은 괜찮지만 혼 자락은 안 돼요.

그건 저 남자가 죽은 뒤 고이 원래의 세계로 돌아가야 할 거예요. 당신들의 세계로 끌고 가는 건 세상의 이치에 어긋나는 거죠. 나중에 문제가 생기면 어떡해요?"

페어리들이 그녀 주위를 날아다니며 웅웅거렸다. 잠시 당황한 듯한 다포딜이 차분하게 말을 이었다.

"화내는 게 아니에요. 단거 좋아해요? 여기 선물이 있어요."

다포딜이 나무 밑동 위의 케이크과 브라우니를 가리켰다. 저 구운 사과는 아주 환상적이에요. 그녀의 말에 페어리들이 나무 밑동으로 날아갔다. 다포딜이 재빨리 다가가 페어리들을 막았다. 페어리들이 놀란 얼굴로 다포딜을 바라봤다.

"아무런 대가 없이 선물을 받는 건 예의에 어긋나는 거 알죠?"

페어리의 세계 역시 대가라는 것은 중요했다. 오고 감의 미덕. 무언가를 받으면 무언가를 주어야 한다. 하지만 대부분 누군가에게 먼저 받는 경우는 없었다. 그녀들이 무언가를 가지고 오면 그들이 선물을 준다. 페어리들의 세계는 인간 삶과 시간대가 달랐다. 페어리 세상의 하루는 인간 세상의 1년. 먼저 선물을 받으면 그들의 규칙을 지키지 못했다. 물론 이 경우에는 직접적인 문이 열려 시공간의 차이가 없겠지만 말이다. 페어리들이 뾰로통한 표정을 지었다.

"글렌게일의 페어리를 데리고 와요. 저 남자의 꿈을 훔쳐 간 페어리요. 그녀를 데리고 오면 이것을 줄게요. 전부 당신들이 나눠서 먹으면 돼요. 어때요? 할 건가요?"

다포딜이 말하며 케이크 한 조각과 브라우니 한 조각을 제외한 모든 것들을 가리켰다. 식탐을 이기지 못한 페어리들이 고개를 끄덕였다.

"좋아요."

다포딜이 말했다. 몇몇 페어리들이 고개를 끄덕이더니 샘 안쪽으로 들어갔다. 샘이 하얗게 빛났다. 다포딜이 고개를 돌렸다. 데샤드가 멍하니 다포딜을 바라보고 있었다.

"이제 기다리면 돼요, 데샤드. 얼마 남지 않았어요."

그녀가 말했다.

4

샘 너머로 나온 페어리들을 보며 다포딜이 웃었다.

"봤죠? 장난꾸러기라니까요."

다포딜이 그녀를 가리켰다. 데샤드가 고개를 끄덕였다.

식물의 줄기로 포박이 당한 채 끌려온 페어리가 보였다. 데샤드의 꿈을 훔쳐 간 페어리인 것이 틀림없었다. 물론 데샤드는 그 얼굴을 몰랐지만 다포딜은 그녀를 본 적이 있어서 알 수 있었다. 그 수면 뒤, 그날 밤. 꿈을 훔쳐 간 작은 페어리는 분명 이러한 얼굴을 하고 있었다.

"안녕. 이름이 뭐예요?"

다포딜이 물었다. 그녀의 날개가 붕붕 소리를 내며 흔들렸다. 데샤드가 그녀 뒤쪽으로 움직였다. 그를 따라 페어리들도 길게 이어 날아갔다. 갑작스러운 새로운 인간의 얼굴을 바라봤다. 그녀가 눈을 동그랗게 떴다. 다포딜이 뒤에 다가온 데샤드를 확인하더니 다시 시선을 페어리에게 돌렸다.

"피어리. 수줍음 많은 피어리."

그것은 그 페어리의 이름이었다. 정말 잘 어울린다고 생각하면서 다포딜이 말했다.

"당신이 가져간 꿈을 기억하나요?"

페어리에게서는 알 수 없는 소리가 들렸다. 데샤드는 듣지 못하는 특정 파장이었다. 하지만 그녀는 어떻게 된 것인지 들을 수 있는 것 같았다. 생각해보면 거미나 타조나 코끼리랑 말을 하는 시점에서 페어리랑 말을 하는 것은 특별한 것이 아닐지도 몰랐다.

"그것을 돌려받으러 왔어요."

다포딜이 말했다.

"그는 당신에게 어떠한 것도 바라지 않았어요. 재능을

내려 달라고 한 적도 없고, 많이 팔리게 해달라고 한 적도 없죠. 그는 당신을 보지 못해요. 단지 당신이 그의……."

다포딜이 데샤드를 바라봤다. 그 뒤에 반짝이는 저 에너지가 분명히 페어리를 꾀는 데 큰 역할을 했을 것이다. 그것에 홀린 것을 페어리 탓을 할 수는 없다. 그렇다고 그의 탓을 할 수도 없는 것이다. 이건 그냥 사소한 사건이었다. 다포딜이 웃으며 그녀의 몸을 포박한 식물 줄기를 손가락으로 건드렸다. 다포딜이 손을 떼자 그 줄기가 풀어졌다. 페어리가 자유로워진 손을 이리저리 바라봤다.

"반짝거리는 거에 홀려 축복을 바친 거죠. 그는 아무것도 모르니 당신에게 무엇을 줘야 할지도 몰랐어요. 원하지 않는 것을 주고, 갑자기 강탈을 하다니요. 그건 법도에 어긋나는…… 선물? 여기 은 펜던트예요. 꿈과 교환하려고. 뭐 먹을 거 없냐고요? 저들이 먹고 있구나."

다포딜이 뒤편에서 케이크과 브라우니로 잔치를 벌이는 페어리를 힐끗 쳐다보다 다시 그녀 앞에 있는 페어리에게 시선을 돌렸다.

"먹고 싶어요?"

다포딜이 물었다. 그녀가 고개를 끄덕였다. 다포딜이 상냥하게 웃으며 달걀 껍데기에 설탕을 넣은 우유를 담았다. 그녀가 달걀 껍데기를 넘기자 페어리가 기쁜 얼굴을 했다.

"마셔요."

역시 동대륙 페어리라 모르는구나, 그녀가 생각하며 웃었다. 조금 미안한 일이기는 하지만 이 일을 위해서는 꼭 필요했다. 달걀 껍데기에 대한 것은 잊힌 지 오래여서 이 페어리들이 아는 일들은 거의 없을 것이다. 알게 된다면 아마 집이 엉망이 되겠지. 그녀가 생각했다. 하지만 어쩌겠어. 도와주기로 했는데. 페어리가 꼴깍꼴깍 우유를 한 번에 마셔댔다. 자신의 몸통만 한 달걀 껍데기를 끌어안은 채 그것을 다 마셔버리다니, 욕심쟁이라니까.

"그럼 이제 피어리. 훔쳐 간 꿈을 돌려주세요."

다포딜이 말했다.

그녀가 손가락으로 톡, 그녀의 날개를 포박한 풀줄기를 만졌다. 이 식물 줄기의 섬유질은 꽤 질겨서 날개를 묶을 때 아팠을 것이다. 다포딜이 손을 떼자 그것이 풀어졌다. 페어리가 날개를 몇 번이고 다시 움직였다. 묶여서 제대로 날지 못했던 몸이 둥실 떠올랐다. 날개가 재빨리 움직였다. 다포딜이 웃었다. 그녀는 다포딜의 말을 들을 수밖에 없었다. 안타깝기도 하지, 그녀가 생각하면서도 어쩔 수 없다는 듯 그녀에게 말을 건넸다.

"그 땅으로부터, 꿈으로부터, 고대로부터 존재하는 당신에게, 오랫동안 내려온 네메톤에서 그 숲지기가 명령합니다."

그녀의 입에서 나온 말이 속박이 되었다. 그것이 눈으로 보이지는 않았지만 언어가 페어리를 묶고 있는 것이 모두에게 보였다. 정정한다. 데샤드를 제외한 그곳에 존재하는 모든 의지가 있는 이들은 그 언어의 속박을 눈으로 바라봤다. 다포딜이 페어리의 이마를 손가락으로 건드렸다. 그 손끝에서 빛이 나왔다.

"피어리 페어리. 훔쳐 간 꿈을 돌려주세요."

그녀가 말했다. 그녀 주위가 강렬한 파장으로 둘러싸였다.

Chapter 4

꿈

1

그 순간을 뭐라고 이야기해야 할까. 데샤드는 달리 알 수 없었다. 단지 그 상황은 아주 신비로웠다. 페어리는 그의 꿈을 돌려줬다. 그 꿈은 새하얀 반딧불이 형태를 하고 있었다.

반딧불이의 꿈. 시적이군, 그가 생각했다.

문은 닫혔다. 하지만 잔재되어 있는 강렬한 힘에 데샤드는 몸을 움직일 수 없는 상황이었다. 타인의 침범을 거부한 영역에 발을 들였을 때가 이러하지 않을까, 그가 생각했다. 야생동물의 동굴 같은 곳에 침범하는 것과 같은.

다포딜은 데샤드에게 구리 반지를 선물했다. 데샤드는 그것이 페어리에게 주는 선물이라고 생각했다. 하지만 아니었다. 데샤드는 손가락에 맞지 않는 반지를 가만히 바라봤다. 다포딜은 반지를 목걸이로 만들어야 할 지 고민했다. 하지만 데샤드가 고개를 저으며 새끼손가락에 그것을 끼웠다. 잘 맞다는 듯 그가 손을 들어 보였다.

다포딜이 웃었다.

"페어리들은 금과 은을 제외한 모든 금속을 싫어해요."

그녀가 말했다. 데샤드가 시선을 내려 손을 바라봤다. 새끼손가락에 끼워진 구리 반지. 확실히 반짝거리지는 않았다. 구리 특유의 색감을 지닌 반지는 나쁘지 않았다. 적어도 그의 미관상에는.

"구리가 있다면 다시는 와서 귀찮게 하지 않을 거예요. 당신은 반짝이니까 페어리가 잘 꼬이거든요. 동대륙 서남쪽은 사막 때문에 물이나 숲이 부족해서 그나마 안전하지 않았나 싶어요."

"내가 어디 출신인지 이야기했었나?"

"전 바보가 아니에요, 데샤드. 페어리가 당신에게 홀린 장소를 알고 있는걸요."

다포딜의 말에 데샤드가 꺼림칙하지만 일단 고개를 끄덕였다. 언제는 이해가 가능하던가.

다포딜이 옷을 탈탈 털며 일어섰다. 들고 왔던 것은 많지만 가지고 갈 것은 별로 없었다. 음식은 모두 페어리가 가지고 갔고, 가득 차 있던 페어리 더스트는 모두 사라지고 난 뒤였다. 다포딜이 빈 병을 바구니에 담았다. 데샤드가 눈앞의 나무를 바라봤다. 이제는 더이상 그것이 무섭다는 생각이 들지 않았다. 이상한 순간이었다. 아주 잠깐의 시간 동안 익숙해진 것인지도 몰랐다. 다시 검게 변한 샘물을 바라보던 데샤드가 일어섰다. 그들이 가지고 온 모든 어떠한 종류의 것들을 바구니에 담았다.

"그런데 다포딜. 어떻게 한 거야?"

데샤드가 물었다.

"무엇을?"

다포딜이 되물었다.

"어떤 주문을 외우고 나니까 바로 페어리가 꿈을 돌려줬어. 왜지?"

어떠한 대가도 없이, 그녀가 꿈을 되돌려달라는 말에 글렌게일의 페어리가 훔친 꿈을 돌려줬다. 그 새하얀 빛의 덩어리가 다시 돌아왔다. 그의 것이라고 생각되지 않는 것이었지만 그 몸에 딱 들어맞은 듯이.

데샤드의 물음에 다포딜이 말했다.

"페어리들이 달걀 껍데기에서 무언가를 마시면 명령에 따를 수 있어요. 크즈에흘의 방식이죠. 알에는 힘이 있다고 했잖아요."

다포딜이 이어서 말했다.

"일종의 사기예요."

페어리한테 사기 쳤구나, 데샤드가 생각했다. 딱히 틀린 말도 아니었고, 부정할 생각도 없었다. 물론 긍정할 생각도 없었다.

"페어리도 돌아갔으니 우리도 슬슬 가볼까요?"

그녀가 고개를 들어 올렸다. 하늘에는 여전히 가득 차오른 둥근 달이 떠 있었지만 나무 변두리에 걸려 그 반 정도의 모습만 드러내고 있었다. 달빛의 영역은 사라진 지 오래였다. 다포딜이 고개를 내리고 데샤드를 바라보며 말했다.

"꿈이 돌아온 걸 환영해요, 데샤드. 오늘은 분명 멋진 꿈을 꿀 거예요."

2

 데샤드가 눈을 감았다. 아니, 눈을 뜨고 있는지도 모르겠다. 그러나 다시 눈을 감았다. 그리고 떴다. 그것을 몇 번이고 반복한 데샤드는 지금 그가 놓인 상황을 바라봤다.

 이곳이 어디인지 알 수 없었다. 익숙한 그의 집도 아니었고, 한 달 반 정도 머문 그녀의 집도 아니었다. 그가 서 있는 다리 위에서 주위를 몇 번 둘러본 데샤드는 이곳이 어디인지 알아차렸다.

 그날, 금요일. 다른 일자리를 알아볼까 고민하면서 술을 마시던 다리 위였다. 디안 두브 거리와 하자르 거리를 이어주는 아시오르 강의 다리 위였다. 그날, 마지막 금요일. 그날처럼 축축한 날씨, 안개가 살짝 끼어 있었고 강가에는 반딧불이가 가득했다.

데샤드가 놀라 다시 주위를 둘러봤다. 꿈인가? 그가 생각했다. 아니, 꿈이라고 하기엔 너무 현실이 생생했다.

그러면 그가 그동안 겪었던 것이 꿈인가?

뭐가 꿈인지 잘 모르겠다. 하지만 그 현재가 꿈이라면 그것은 절망적이고, 미래가 꿈이라면. 그건, 절망과 비참함이 가득했다. 하지만 곧 어떤 마법사를 만날 테고, 그가 해결책을 알려주고, 그녀에게 찾아갈 것이다.

아니, 그것이 꿈이라면 이루어지지 않을 무언가일수도 있다. 그 어떠한 것도 이루어지지 않았다면.

"잠깐만, 뭐가 꿈이야?"

그가 말했다. 모든 것이 혼동되었다. 지금이 현실인지 꿈인지 잘 구분이 가지 않았다. 그가 손을 바라봤다. 손에는 술병이 하나 들려 있었다. 이건 완벽하게 그날이었다.

아니, 그대로 잠이 든 것은 아닐까. 그런 생각을 했다.

이제 어떻게 해야 하지. 그 꿈이 너무나도 생생해서, 아니 이 꿈이 생생해서. 사실 뭐가 꿈인지 몰랐다. 지금 이 상황도 제대로 된 언어로 설명하지 못할 정도로 그의 머릿속은 어지러웠다. 그러니까, 뭐가 꿈이지? 이게 꿈인가?

이게 꿈이라면, 아니 이렇게 생생한 것이 꿈일 리 없었다. 그러나 그것이 꿈이라면 그것 또한 생생했다. 하지만 지금은 이 상황이 더더욱 생생할 따름이다. 설마 그 긴 기간이 다 꿈이었나. 그가 썼던 글이 어떤 우연을 만났는지 축복을 만났는지 모르겠지만, 대박이 나서 갑자기 떼돈을 벌었다든가 그런 건 전부 꿈이었나? 그가 서서히 입을 벌렸다. 말도 안 돼. 데샤드가 생각했다. 하지만 뭐가 말이 안 되는지 역시 알 수 없었다.

그는 일단 자신의 집으로 가야겠다고 결심했다. 그러나 어떠한 집으로 가야 할까. 이 모양새라면 그의 집은 디안 두브 거리의 작은 플랫이었다. 하지만 마지막으로 그가 머문 집은 하자르 거리의 적당한 주택. 너무 크지도 작지도 않은, 가족 단위가 살기 좋은 적당한 집이었다. 어느 집으로 가야 하지? 그가 고민하다가 이윽고 고개를 저었다.

두 집 모두 확신할 수 없었다. 아니, 둘 중 어딘가가 자신의 집이라면 아마 참지 못할 것 같았다. 무엇을 참지 못할지, 또한 무엇이 그를 괴롭히게 될지 모르겠지만 어쨌든 싫었다.

데샤드는 근처의 펍으로 가기로 결심했다. 그가 가난했을 때에도, 혹은 그가 부자였을 때에도. 아니 부자인 것은 어쩌면 환상일지도 모르지만 그의 단골 술집은 변하지 않았다. 먼저 아는 사람을 만나보자, 그는 생각했다. 그들을 만나면 이것이 꿈인지 아닌지 확인할 수 있을 것이다.

데샤드가 몸을 일으켰다. 그러나 손에 들린 술병이 걸리적거려 잠시 바라봤다. 술집에 가는데 술병을 들고 가는 건 예의가 아니지. 그가 생각하며 강가에 술병을 던졌다. 술병이 쨍강 소리를 내며 깨졌다.

펍은 언제나처럼 시끌벅적하고 그가 아는 사람들이 차 있었다. 물론 단순히 얼굴만 아는 사람들도 많았다. 그러나 데샤드는 그들과 통성명을 할 필요도, 아는 척을 할 필요도 없다고 생각했다. 애초에 통성명을 하지 않아도 서로들 잘 알고 있었다. 단지 친하지 않을 뿐이었다. 같은 거리에 살다 보면 어쩔 수 없이 서로를 알게 되었다. 이곳은 달라진 것이 없었다. 아니, 애초에 꿈이라면 그의 의사가 반영될 것이고, 현실이라면. 이게 현실이라면. 여전히 데샤드는 혼란스러운 상태였다. 뭐가 무엇인지 모르는.

그가 바에 앉았다. 술집 주인은 데샤드의 얼굴을 힐끗 보더니 작은 술 한 병을 내놓았다. 이것을 보면 이곳이 꿈이라고 할 수는 없었다. 꿈이라면 저 주인이 그가 마시는 술을 정확하게 내놓을 리 없기 때문이다. 아니, 꿈이라서 그럴 수 있는 걸까. 역시 알 수 없었다. 데샤드가 일단 술병을 기울였다. 할 수 있는 것은 그것밖에 없었다.

한창 혼자 술을 마시던 데샤드의 곁에 몇몇 사람이 앉았다. 그전에는 이야기를 해본 적이 없는 사람이었지만 오늘은 자리가 없었다. 아무런 이야기도 하지 않았던 사람들은 서로 소소한 안부를 물었고 사는 이야기들을 하기 시작했다. 요새 일이 어떻다더라, 어느 빵집은 참 친절한데 빵이 맛이 없어 가야 할지 가지 말아야 할지 고민이다, 이번에 신문에 나온 운세가 잘 안맞는다 등등의 그런 아주 사소한 이야기였다. 이것은 생생했다. 아니, 생생하다가 아니라 이것이 현실일지도 몰랐다. 데샤드가 그렇게 생각하며 말을 이었다.

"그래서 말인데……."

물론 그 말은 끝까지 이어지지 않았다. 갑자기 술집의 문이 열리며 누군가가 소리쳤다.

"아시오르 강이 불타고 있어!"

"뭐?"

"또 강이 불탔단 말이야?"

강이 어떻게 불타. 말도 안되는 소리를.

"이번이 세 번째잖아!"

사람들이 소리쳤다. 데샤드를 제외하고는 다들 강이 불타는 것이 이상하지 않은 듯했다. 그러니까, 도대체 어떻게 강에 불이 붙는 거야? 데샤드가 생각하며 밖으로 뛰쳐나가는 사람들을 따라 나왔다. 순간 뭔가 이상하다는 생각이 들어 고개를 갸웃거렸지만 역시 이상한 것은 아무것도 없었다.

아시오르 강이 불탔다. 이번이 세 번째였다. 도대체 그놈의 강은 왜 그렇게 불타는지 모르겠다고 말하며 그 거리의 남자들 대부분이 뛰쳐나갔다. 데샤드도 마찬가지였다.

그 강의 불을 꺼야 했다. 주위에서 부산스럽게 움직이는 사람들 사이로 소리가 나왔다.

"도대체 또 왜 불탄거야?"

"가시나무에 와인이 쏟아져서 그랬대."

그러니까 도대체 뭔 말이냐고. 분명 이해가 안되는데 납득은 됐다. 그놈의 가시나무가 와인을 좋아한 탓이지. 데샤드가 투덜거리며 강가로 달려갔다.

강의 수면 위로 불이 잔뜩 일렁였다. 강과 강 근처의 수풀이 불타고 있었다. 강 바로 옆에 있는 가시나무는 마치 신경이 존재하여 고통을 느끼는 것처럼 불타며 움직였다. 나뭇가지가 고통스럽다는 듯이 움직이며 그 그림자가 일렁였다. 사람들이 끔찍하다는 듯 고개를 돌리고 탄식했다.

"누가 가시나무에 술병을 던져서 그래."

누군가가 말했다. 데샤드가 다시 뜨끔했다. 펍에 가기 전의 그가 다리 위에서 술을 마시다가 그것을 던졌다. 하지만 방금까지 거기엔 가시나무가 없었다. 그저 몇 개의 덤불이 있을 뿐이었다.

데샤드가 고통에 몸부림치는 불타는 가시나무를 바라

봤다. 가시나무가 움직이기 시작했다. 드드득 하며 스스로의 힘으로 뿌리를 뽑아낸 가시나무가 서서히 강 쪽으로 향했다.

"가면 위험해!"

누군가가 소리쳤다. 강으로 가면 더 빨리 불타버릴 거야. 그 말에 데샤드가 눈살을 찌푸렸다.

지금 가시나무의 행태가 뭘 의미하는지 모두 알고 있었다. 그런 끔찍한 것을 아이들에게 보여주어서는 안 된다고 몇몇 사람들이 뛰어나온 아이들의 눈을 가렸다. 그때 웬 여자가 소리쳤다.

"아까 누가 다리 위에서 술병을 던진 걸 봤어요!"

다들 그녀를 향해 고개를 돌렸다. 그녀가 분노에 찬 눈으로 데샤드를 바라봤다. 그녀가 손가락을 들어 그를 가리켰다.

"저 남자예요! 저 남자가 가시나무를 죽였어!"

그 말을 마지막으로 사람들이 그에게 달려들었다.

"아니, 잠깐만. 거기에 가시나무는 없었어!"

데샤드가 소리쳤다. 방금 전까지 그와 같이 술을 마시

던 남자들이 분노에 찬 눈으로 데샤드를 들어 올렸다.

"내가 아니라니까!"

그가 소리쳤다. 데샤드가 무차별한 폭력을 피하고 피해 도망쳤다. 다리에서 거리로, 거리에서 골목으로. 사람들은 가시나무의 복수를 해야 한다며 칼을 들고 데샤드를 쫓았다.

데샤드가 거친 숨을 몰아쉬며 사람들로부터 도망쳤다. 그렇게 골목을 돌던 데샤드가 누군가와 맞닥뜨렸다. 부딪혀 넘어진 데샤드를 보며 그가 웃었다. 그리곤 서늘한 감각이 배에 느껴졌다. 그가 서서히 눈을 감았다. 눈꺼풀이 무거웠다. 하지만 이대로 죽을 수 없다는 생각이 다시 도사려 있는 힘을 다해 눈을 떴다.

* * *

"일어났네요?"

진짜 현실이었다.

데샤드가 놀란 듯 눈을 몇 번이고 감았다 떴다. 선선한 바람에 커튼이 휘날렸다. 데카르트가 걱정스러운 눈으로 그를 바라봤다. 그것이 걱정스러운 것인지 어떤지 모르겠지만 데샤드는 그것은 분명 걱정스러운 눈이라 생각했다. 데카르트의 머리를 쓰다듬은 그가 다시 주위를 둘러봤다. 이곳은 므웨니 초원과 키브웨 숲의 경계. 그녀의 집이었다.

"좋은 꿈 꿨나요?"

다포딜이 물었다.

"아니. 끔찍했어."

데샤드가 답했다.

"게다가 말도 안 되는 이야기야."

데샤드가 몸서리를 쳤다.

가시나무의 복수라니, 불타는 강이라니.

불타는 강은 도대체 뭘로 꺼야 하는 걸까? 강에 흙을 덮나?

깨어난 데샤드는 이제야 그 모순과 황당함에 이마를 부여잡으며 웃어댔다. 다포딜이 그의 눈앞에 손을 흔들었다.

"저기, 데샤드? 제정신이세요?"

데샤드가 괜찮다는 듯 손을 내저으며 웃었다.

"정말 끔찍했어. 다포딜. 혹시 강 근처에 가시나무가 있었나?"

"강에 가시나무요? 어떤 강을 말하는 거예요?"

다포딜이 물었다. 그제야 데샤드가 주어를 빼먹었다는 것을 기억했다.

"아시오르."

"아뇨. 거기엔 가시나무 같은 건 없어요."

다포딜이 살포시 웃으며 대답했다.

"당신의 고향이니까 당신이 더 잘 알겠지만요."

3

 가끔은 꿈보다도 현실이 더 꿈같다는 생각을 한다. 예를 들자면 데샤드는 작아진 코끼리와 같이 밥을 먹으리라는 상상은 단 한 번도 하지 않았다. 상상으로도 하지 못한 그것이 현실로 이루어졌으니, 현실은 꿈보다도 대단하다.
 아니, 꿈보다 더 낫다. 꿈은 끔찍했다.
 데샤드가 데카르트에게 사과를 던졌다. 데카르트가 사과를 코로 잡아 입으로 가져갔다. 아삭아삭 소리가 들렸다. 그것참 맛있게 먹는다고 생각하며 데샤드도 사과를 한 입 베어 물었다. 맛있긴 맛있었다.

"꿈을 꾸니까 어때요?"

"어떨 것 같아?"

"전 꿈을 잃어버린 적이 없는걸요. 당신이 어떤 상황에 놓였는지 알지 못해요."

다포딜이 말했다. 그것도 그렇다고 그가 생각했다. 데샤드가 그 꿈을 떠올렸다. 현실에 황당함과 모순이 적당히 섞여 있는 그 어떠한 꿈. 꿈을 잃어버렸을 때에도 끔찍했지만, 그게 돌아왔을 때도 결코 좋지는 않았다. 아니, 좋다고 해야만 하는 걸까.

"그게 꿈이라 다행이야."

"끔찍한 꿈을 꿨다고 했죠?"

"엄청. 그게 꿈이라 정말 다행이야."

데샤드가 몸서리를 치며 말했다. 그 말에 다포딜이 깔깔 웃었다.

"좋은 징조네요."

다포딜이 말했다.

"뭐가?"

"안 좋은 꿈은 대부분 좋은 징조로 나타나요. 어떤 꿈이었어요?"

"내가 가시나무에 와인 병을 던져서 강이 불타고 가시나무가 죽었어. 사람들은 가시나무의 복수를 위해 칼을 들고 날 쫓아왔고 난 살해당했지."

그 말에 다포딜이 눈을 동그랗게 떴다. 꿈은 평범하게 일상생활의 기억 표상 역할을 하는 경우가 많지만 깊은 의미를 지니기도 했다. 여운과 법칙과 왜곡과 인식이 전부 뒤섞여 나타난다. 되돌아온 꿈의 첫 번째 의미는 여러 가지를 나타내고 있었다.

"어머, 진짜 좋은 꿈이네. 저한테 팔래요?"

그녀가 말하며 사과를 건넸다. 데샤드가 사과를 가만히 바라보다 고개를 저었다. 다포딜이 그럴 줄 알았다는 듯 웃으며 사과를 베어 물었다. 현명한 사람이라면 그런 꿈을 팔지 않을 것이다. 두고두고 고이 간직하다 보면 언젠가 그것이 현실에 다가온다. 가시나무, 불, 죽음. 어쩌면 이렇게 좋은 징조가 다 있을까.

"꿈 풀이해줄까요?"

"그런 것도 할 줄 알아?"

"전 현명한 여자라고 했잖아요."

"현명한 거랑 꿈 풀이가 무슨 상관인 건데."

데샤드가 말했다.

"꿈의 해석 또한 고대인의 지혜가 담겨 있다니까요"

다포딜이 그의 팔뚝을 찌르며 말했다. 다포딜이 어디 해보라는 듯 팔짱을 끼고 고자세를 취했다.

"그렇게 거만한 모습 정말 좋네요."

다포딜이 이야기하며 손가락 하나를 폈다.

"첫 번째, 데샤드가 던진 와인 병에 가시나무와 강이 불탔다. 데샤드의 행동으로 인해 무언가가 시작된 거예요. 가시나무는 장애를 뜻하죠. 하지만 가시나무는 불타 죽었죠. 당신이 지금 가장 곤란한 문제가 해결될 거예요. 그리고 그건 본인이 가장 잘 알겠죠?"

그녀가 두 번째 손가락을 폈다. 다포딜의 말에 데샤드가 눈을 깜빡였다. 지금 그가 가진 장애는 하나였다.

"장애의 해결이라고?"

그가 되물었다. 다포딜은 답하지 않은 채 그다음 말을 이었다.

"두 번째, 불타는 강은 엄청난 돈을 의미해요. 돈이 아니더라도 아주 중요한, 혹은 긍정적인 무언가를 가져올 게 분명해요. 이 경우라면 행운을 의미하겠죠."

데샤드가 그녀를 응시했다.

"세 번째. 당신이 죽었다는 것 또한 엄청난 행운이죠. 꿈에서는 피가 많을수록, 처참하게 죽을수록 좋아요."

다포딜이 마지막 손가락을 펼쳤다.

"꿈이 반대라는 말, 어디선가 들어보지 않았어요?"

그런가? 데샤드가 생각했다.

* * *

데샤드는 방 안의 짐을 살폈다. 그가 들고 온 것은 거의 없었다. 옷가방과 안쪽에 든 책 두어 권. 읽으려고 가지고 왔던 책은 제대로 보지 않았다. 이 집에는 그가 보지 못한 더 많은 책들이 가득 차 있어 그것을 보는 데에도 시간이 부족했다. 그 뒤로 매일 꿈을 꿨다. 잃어버렸던 것이 한꺼번에 돌아오듯, 매일매일 어떠한 이야기들이 머릿속에서 펼쳐졌다.

글을 읽는 날보다 글을 쓰는 날이 늘었다. 다포딜이 서랍을 뒤져 종이를 찾으려 했지만 종이는 보이지 않았다. 당황한 다포딜이 양피지 몇 장을 데샤드에게 넘겼다. 데샤드가 이래도 되는가 싶은 생각으로 양피지를 받아 들었다. 잉크는 마법용 잉크였다.

"이래도 되는 걸까?"

"괜찮아요. 양피지는 쌓여 있으니까요."

"그게 아니라 이건 마법진을 그릴 때에나 쓰는 거니까."

"누가 그래요?"

다포딜이 물었다.

"아니야?"

데샤드가 되물었다. 그녀가 고개를 끄덕였다. 도대체 언제부터 양피지가 마법사들의 전유물이 되었던가. 양피지는 오랫동안 보관할 수 있기 때문에 모든 문서에 쓰는 편이다. 특히 공무는 무조건 양피지로 작성됐다. 다포딜이 괜찮다는 듯 손을 내저었다. 그런 건 아무 문제가 되지 않았다.

"데샤드는 마법적 능력이 하나도 없으니까 상관없어요. 마음껏 쓰세요."

"그거 뭔가 좀 그런데."

칭찬은 확실히 아니고, 비난도 아니었지만 왠지 모르게 기분 나쁜 느낌이었다.

"그런 의도 아닌데."

다포딜이 개구지게 웃으며 말했다. 더 이상 어쩌겠는가. 데샤드가 고개를 저으며 창밖을 바라봤다. 매일매일 초목은 자라고 처음 오던 날과 상당히 달라진 평원이 보였다. 데카르트는 언제나처럼 새로운 동물과 친목을 다지고 있었다. 가끔 어린 동물들이 보이기도 했다.

봄이구나, 데샤드는 생각했다. 지금 현재 상태로는 그 어떠한 것도 나쁘지 않았다. 잠을 자는 것 같지 않았던 나날은 저 멀리로 사라졌고, 하루종일 생각할 것들로 머릿속은 가득 차 있었다. 잃어버린 것을 되찾은 느낌이다. 실제로 잃어버린 것을 되찾기도 했지만.

데샤드가 펜을 움직이다 새끼손가락에 끼워둔 구리 반지를 바라봤다. 투박한 구리 반지는 여성의 것이 아니었다.

왜 이런 것을 가지고 있었던 걸까, 생각하며 그가 다포딜을 바라봤다. 다포딜은 라탄 벤치에 누워 책을 보고 있었다. 『잃어버린 언어』라는 책이었다. 데샤드가 다시 창밖을 바라봤다. 매일매일이 평화로웠다. 하지만 이것이 지속되지는 않을 것이다. 그가 떠날 날이 얼마 남지 않았다.

* * *

"가기 전에 마지막으로 식물을 심을 거예요!"

다포딜이 땅에 푸욱, 삽을 박아 넣었다. 데샤드의 표정이 처참하게 일그러졌다.

마지막까지 이러는 거냐고 데샤드가 생각했다.

며칠 전 다포딜이 주마안네에서 세블레 왕도로 향하는 상단에 연락했다. 마침 촌장이 쌓아둔 곡식의 일부를 풀 예정이라고 했고 그들이 거래를 하는 곳은 왕도를 중심으로 있었다.

세블레 왕국은 인구 대비 토지가 크기 때문에 인구밀도가 낮지만 유일하게 왕도에는 인구가 집중되어 인구밀도가 높았다. 때문에 자급자족을 하는 다른 지역과 달리 왕도는 대부분의 식료품을 나라 이곳저곳에서 구입하는 편이었고, 주마안네에서도 남은 곡식은 모두 왕도에 파는 편이었다. 다포딜이 몇 가지 이야기를 하며 편안한 귀갓길이 되도록 부탁했다. 왕도에 도착하면 바로 워프게이트로 동대륙으로 출발하면 될 것이라 상냥하게 말을 해주는 그녀를 보며 데샤드는 고개를 끄덕였다. 짐은 미리 싸두었고, 할 일은 별로 없었다.

그날 이후로, 그는 밤에 무언가를 써내려간다. 그것은 딱히 의미가 없기도 하고, 어떤 것은 지나치게 많은 내용을 내포하고 있기도 했다.

"그 이야기를 써도 될까?"

데샤드는 글을 써내려가다가 득 그녀에게 물었다. 다포딜이 무슨 이야기냐는 듯 그를 바라봤다.

"숲속에서, 그 네메톤에 대하여."

"써도 되지만 네메톤이라는 호칭은 쓰지 말아주세요."

"그게 중요한 거야?"

데샤드가 물었다. 다포딜이 당연하다는 듯이 살포시

웃었다.

"이름이라는 건 중요해요, 데샤드. 그래서 웬만하면 별 의미 없는 것으로 지어주는 것이 좋을 때도 있죠. 이름을 지으면 거기에 대한 책임을 져야 하거든요."

"그렇게나?"

"요새는 말의 힘이 줄어들어서 상관없지만, 네메톤이라는 단어는 말이 힘을 가지고 있을 때의 언어예요. 잘못 쓰면 큰일 나죠. 난 그 명칭이 남발되는 것을 바라지 않아요."

다포딜의 말에 데샤드가 고개를 끄덕였다. 사실 쓰지 말라고 해도 그것을 쓰는 방법이 있기는 하지만 그때 그 숲을 떠올리면 쓰지 못할 것 같았다.

어떠한 위압감, 그저 자연이 간직한 태초의 감각이 그를 두렵게 했다. 도대체 무엇이 두려운지, 뭐가 무서운지 알지 못했다. 하지만 그 자연 속에서 수많은 이야기가 나온 것을 알 수 있을 것 같았다. 그곳에 그가 모르는 무언가가 있었다.

사실 일반 사람들이 모르는 것을 그곳에서 겪기는 했지만 너무나도 꿈같아서 그것이 현실인지 꿈인지 구분이 되지 않을 때도 있었다. 흘러간 기억이 각색되어 아무렇지 않게 자리 잡는다. 혹은 더 거대하게 자리 잡을 수도 있었다. 지나간 과거는 온전히 그 순간의 것이 아니었다.

"그런데 네가 지금 한 말 써도 돼?"

"데샤드, 진짜 작가였군요."

다포딜이 신기하다는 듯 말했다.

"나 작가는 처음 보거든요."

그녀의 말에 데샤드가 표정을 구겼다. 그녀의 처음 본다는 말에는 모순이 많았다.

"한 달 반 가까이 있었거든, 이곳에. 네가 그렇게 부려 먹은 남자가 바로 작가야."

데샤드의 말에 다포딜이 웃었다. 그러곤 무언가 생각났다는 듯 책을 접었다.

"써도 되는데 조건이 하나 있어요."

* * *

"사랑하는 토마토를 심을 거예요!"

그렇게 다시 그 밭에서 데카르트의 영역을 뒤로한 채 데샤드는 삽을 들어 올렸다.

다포딜이 무엇을 심는 게 좋을지, 데카르트를 향해 이런저런 이야기를 하며 온실 문을 열었다. 이제 봄이라 식물을 많이 심어둬야겠다고 이야기를 하면서 그녀가 모종 몇 판을 들고 나왔다. 저게 다 어디서 난 거야, 데샤드가 생각하며 모종을 가만히 바라봤다. 어째 모종만 봐선 뭐가 뭔지 알 수 없었다. 일단은 토마토는 꼭 들어가 있을 것이다.

"그때 사라진 것 같다고 했더니. 진짜였군."

여기 온 지 얼마 되지 않았던 때였다. 밤에 갑자기 인기척이 사라진 적이 있었다. 물론 데카르트는 집 안에 있었기 때문에 그녀도 당연히 집에 있을 것이라 생각했다.

"씨앗을 뿌려놨죠. 어떤 건 오래 걸리거든요. 한 달까지 걸리는 것도 있어요."

그녀는 비어있는 부분에 흙을 채웠다. 뿌려진 흙은 원래 그 자리에 있던 것처럼 잘 스며들었다.

"아, 올리브는 여전히 안 나오네요. 네 번째 실패예요. 차라리 나무를 살까."

"여기에서 올리브?"

"아뇨. 올리브는 온실에서."

"정 안 되면 마법으로 깨우는 건 어때?"

"그럼 맛이 없어지는걸요. 자고로 모든 식물들은 그 본래의 힘으로 자라는 게 맛있어요."

맛이 중요한 거구나, 그가 생각했다. 확실히 사 먹는 것보다는 맛있었는지도 모른다. 모양새는 가끔 별로인 것도 있긴 했지만 맛있었으니 상관없었다. 다포딜이 대답하며 목에 걸어둔 모자를 썼다. 그녀가 모종을 빼냈다. 어떤 것은 너무 자라 뿌리가 얽혀 있었다. 그런 것은 과감하게 작은 삽으로 퍽퍽 뿌리를 내려쳐서 반으로 갈랐다. 데샤드의 입장에서는 저래도 되는 건가 싶었지만 아무렇지도 않게 다포딜은 그것을 분리해냈다.

이렇게 다시 일이었다. 농사일.

집에 무사히 갈 수 있겠지, 데샤드가 생각하며 식물을 심을 부분을 조심스럽게 팠다. 물론 아주 무사히 갈 수 있겠지만 왠지 그 과정이 험난하게 느껴졌다.

4

 돌아가는 날이라고 단정 지어진 날이라서 그런 것일까. 왠지 잠이 오지 않는다고 데샤드는 생각했다. 술이라도 한잔해야 하나 생각하며 그는 침대에서 일어섰다. 그러다 몰래 들어오는 데카르트와 눈이 마주쳤다.
 데카르트는 놀란 듯 데샤드를 바라봤지만 곧 뻔뻔한 얼굴로 방 안으로 들어와 달빛이 내리쬐는 창가 근처에 편안히 자리 잡았다. 데샤드가 말없이 그를 바라봤다.
 "데카르트."
 데카르트는 힐끗 데샤드를 바라보다 다시 고개를 돌렸

다. 부르는 건 아는데 반응은 안 해주겠다는 건지. 그것참 새침하군, 그가 생각하며 일어섰다. 술이라도 한잔해야 할 것 같았다. 데샤드가 일어서자 데카르트가 다시 고개를 돌려 그를 바라봤다. 그러더니 일어서 뽈뽈뽈 그를 쫓아왔다.

정정한다. 그 표현은 너무 귀엽다.

데카르트는 쿵쾅쿵쾅 데샤드의 뒤를 따랐다.

데샤드가 피식 웃었다. 생활공간으로 나온 데샤드가 찬장 안쪽에 넣어둔 술을 꺼냈다. 멀리서 새소리와 벌레소리가 음악처럼 들려왔다. 그것참 운치 있었다.

데샤드가 잔에 술을 따랐다. 안주거리가 없나 생각하다 얼마 전에 만들고 난 파운드케이크 남은 것이 있었다. 파운드케이크라. 술에 어울릴까 생각하며 그가 그것도 꺼내 접시에 담았다. 그렇게 몇 번이고 술잔을 기울였다.

검게 물든 맑은 하늘을 바라보면서, 술은 잘 넘어갔고 그의 옆에는 친구가 있었다. 술에 취한 데샤드는 데카르트를 말동무 삼아 이런 말 저런 말을 했다. 무언가 떠드는 소리에 잠시 밖으로 나와 본 다포딜은 복도에 잠시 멈춰 그

뫃골을 바라봤다.

뭐라 말을 하려다가 역시 아니라고 생각하며 다포딜이 몸을 돌렸다. 자신의 취한 모습은 타인에게 보이고 싶지 않은 법이었다. 부디 데카르트의 머리 위에 게워내지만 않으면 좋겠다고 생각하며 다포딜은 다시 자신의 방으로 향했다.

"데샤드."

귀에 익숙한 목소리가 들렸다. 그가 눈을 감은 상태에서 눈을 더 찡그렸다. 선선한 바람이 느껴졌다. 아니, 선선한지 잘 모르겠다. 선선하던 바람이 점점 뜨거운 열기를 채웠다. 목덜미에 땀이 찬 것 같은 느낌이었다.

그때 다시 한 번 여자의 목소리가 들렸다. 다포딜은 일어나지 않는 그를 바라보며 잠시 고민했다. 어떻게 해야 저 남자가 일어나고, 또 어떻게 해야 저 코끼리가 정신을 차릴까.

어차피 운전을, 아니 운행을. 아무튼 목적지에 따라 움직이는 것은 다포딜의 뜻이었지만 그래도 취한 코끼리를 타고 주마안네로 가는 것은 좀 그렇지 않을까, 그녀가 생각했다. 다포딜이 다시 데샤드를 바라봤다. 이 주정뱅이가 그녀의 코끼리 또한 주정뱅이로 만들었다. 이 상황을 어떻게 해야 할까, 다포딜이 고민했다.

어떻게 하더라도 그녀를 만족시키지는 못하리라. 일단 다포딜은 처음으로 누군가에게 폭력을 행사하기로 했다. 물론 사람도 때려본 놈이 잘 때린다고 다포딜의 폭력은 그에게 별 타격을 주지 않았다.

* * *

"속이 안 좋아."

그가 말했다.

"그럴 줄 알았죠."

그녀는 술을 취할 때까지 마시지도 않고 숙취 따위도 없어서 숙취에 뭐가 좋은지 알지 못했다.

"토마토가 먹고 싶다."

"토마토는 아직 자라지 않았어요. 그런데 그게 숙취에 좋나요?"

"아니, 그냥 왠지 먹고 싶어."

데샤드가 답했다. 다포딜이 그런 그의 등을 다시 한 번 때렸다. 이것은 그녀 생의 두 번째 폭력이었음이 자명했다. 물론 역시 큰 타격을 주지는 않았다.

"적당히 먹고 일어나요, 데샤드. 오늘은 집에 가야 하는 날이잖아요."

다포딜의 말에 그가 고개를 끄덕였다. 그랬다. 오늘은 세블레의 왕도로 가는 날이었다. 오랫동안 있던 곳을 떠나자니 뭔가 허전한 느낌이 들었다. 데샤드에게 준비를 하라고 말을 한 다포딜이 아직도 술에 취해 있는 데카르트의 귀를 쭈욱 잡아당겼다. 데카르트는 여전히 정신을 못 차리는 듯했다. 다포딜이 혀를 찼다. 이걸 어쩐다, 그녀가 생각했다. 역시 음주비행은 좋지 않았다. 물론 취한 것은 데카르트였지만 허공에서 주정이라도 하다가 데샤드를 떨어뜨린다면 끔찍한 상황이 연출될 것이다.

다포딜이 고개를 저었다. 그런 상황이 와서는 안됐다. 그녀가 다시 방 안 곳곳을 살폈다. 무언가 괜찮은 게 없을까. 장식장과 물건을 보관하는 이곳저곳을 뒤지던 다포딜의 눈에 무언가 하나가 들어왔다. 저거 괜찮겠다, 다포딜이 생각하던 차에 창밖에 익숙한 얼굴이 보였다.

짐을 다 챙긴 데샤드가 방 밖으로 나왔다. 데카르트는 여전히 정신을 차리지 못한 채 널브러져 있었다. 이래서 집에 갈 수 있을까, 그가 생각했다. 데샤드가 주변을 둘러봤다. 분명 다포딜이 있을 줄 알았는데 어디 갔는지 보이지 않았다. 데카르트가 정신을 차리지 못하니 다른 무언가를 찾으러 간 건가. 아니면 이웃집에 말이나 마차를 빌리러…… 갈 리 없다. 여기엔 이 집 하나뿐이니까.

데샤드가 혀를 차며 밖으로 나왔다. 그녀는 여전히 보이지 않는다. 텃밭에 있는 건가, 생각하며 그가 발걸음을 옮기려는데 멀리서 다포딜의 목소리가 들렸다.

"데샤드!"

하지만 다포딜의 모습이 보이지 않았다. 데샤드가 주변을 훑었다. 어디에 있는 거지? 그가 생각하는데 순간 머리 위로 둥실 어두운 그림자가 드리웠다. 데샤드가 천천히 고개를 들어 올렸다. 익숙하지 않은, 아니. 처음 보는 튼실한 다리가, 하지만 일반적인 포유류의 다리라고 하기엔 애

매한 그 다리가 보였다. 데샤드가 조금 더 용기를 내서 위를 바라봤다.

"인사해요, 데샤드! 카미시예요!"

다포딜이 타조를 타고 날고 있었다.

"목요일에 태어났어요!"

그녀가 말했다.

"저번에 이야기를 들어서 알고 있어!"

데샤드가 대답하며 땅에 사뿐히 착지하는 타조를 바라봤다. 저걸 타고 마을에 가야 한단 말이지? 데샤드가 꿀 먹은 벙어리처럼 그 자리에 가만히 서서 타조를 바라봤다. 어떻게 된 게 여기에 오면서 하루도 무난한 날이 없었지만 마지막 가는 날까지 이렇다고 그가 생각했다.

"차라리 평범하게 코끼리를 타고 가자."

"음주비행은 안 좋아요."

"타조는 너무 눈에 띄어……."

"괜찮아요. 타조를 타고 다니는 사람도 있는걸요?"

"그 사람은 타는 거고, 이건 나는 거잖아."

다포딜은 어차피 타조도 새니까 그게 그거라며 강제로

데샤드를 카미시의 뒤에 태웠다.

* * *

뜨거운 햇볕이 내리쬐었다. 봄이 된 지 얼마 되지 않았다고 생각했는데 벌써 여름이 되었고, 우기도 얼마 남지 않았다. 벌써 시간이 그렇게 흘렀나, 생각하며 다포딜이 하늘을 바라봤다. 하늘 멀리 새 한 마리가 창공을 날아가고 있었다. 신선한 사과를 갈아서 만든 주스에 얼음을 만들어 띄운 다포딜이 창가로 다가왔다. 테이블에 올려둔 바구니에서 사과 하나를 꺼내 데카르트에게 넘겼다. 데카르트가 사과를 코로 받고는 즐거워하는 모습이 보였다.

서서히 평야에 초록물이 짙어지기 시작했다. 곧 있으면 우기의 시작이었다. 그녀의 집 옆의 텃밭도 서서히 싹이 잔뜩 올라왔고 어떤 건 벌써 먹어도 될 정도였다. 몇 종류는 조금 더 있어야 수확을 할 수 있지만 맛있는 것들이 자랄 것을 생각하면 그 정도의 기다림은 고달프지 않았다.

옆에서 아삭아삭 사과를 먹는 소리가 들렸다. 창밖에

는 동물들의 이동하는 모습이 보였다. 무리가 움직이고, 목이 긴 동물은 나무의 이파리를 뜯어먹는다.

평화로운 나날이었다. 언제나처럼.

다포딜이 사과주스를 전부 마셔버린 다음 개수대 위에 컵을 내려놨다.

오늘은 일요일, 찾아올 손님도 할 일도 없었다.

"서재를 청소해볼까."

아니면 온실이 좋을까. 당분간 관리를 하지 않아서 엉망인데, 그녀가 생각했다.

"온실이라, 좋은데."

그녀가 말하며 방으로 향했다. 옷장에 넣어둔 작업복을 찾으러.

5.

"계십니까?"

남자가 그녀의 집 문 앞에서 서성거렸다. 그가 작은 상자 두 개를 손에 들고 있었다.

똑똑똑똑, 남자가 노크를 했다. 안에서는 어떤 인기척도 느껴지지 않았다. 집에 없는 건가, 그가 생각했다. 하지만 이 근처에 갈 만한 곳은 없었다.

"계세요? 아쉐 씨! 아쉐 씨 앞으로 물건이 도착했어요!"

남자가 계속 노크를 했다. 진짜 없는 건가, 그가 생각하며 발걸음을 돌리려는 순간 멀리서 쿵쾅거리는 소리가 들렸다. 남자가 몸을 돌리자 작은 코끼리가 그쪽으로 다가갔다. 그 뒤로 다포딜이 나왔다. 데카르트가 익숙한 듯 남자에게 다가가 코를 비비적거렸다. 다포딜도 그를 발견한 듯 빨리 다가갔다.

"어? 물건 왔어요?"

"예. 동대륙에서 하나, 북대륙에서 하나 도착했습니다. 조금만 늦게 왔으면 그냥 돌아가버렸을 거예요. 자동 워프 시간이 얼마 남지 않아서."

그가 말하며 시계를 가리켰다.

"정말 아슬아슬했네요."

다포딜이 시계를 보며 말했다. 3분만 늦게 왔으면 그가 그냥 떠나버렸을 것이다. 그리고 저 물건은……

"어차피 여기 올 사람이 없으니까 제가 없어도 집 앞에 놔두고 가면 될 것 같아요."

"그러게요. 그런 방법이 있었네요."

"아무튼 두 개라니, 헤이즈먼이 도중에 이동을 했나 보네요. 감사해요, 이티사 씨. 매번 고생이 많아요."

"일인걸요."

시간이 다 되었는지 그가 들고 있던 회중시계가 반짝였다. 곧 그의 모습이 몇 번 반복해 희미해지더니 빛을 내며 사라졌다. 저건 언제 봐도 신기하다니까. 다포딜이 저 배송체계를 사업으로 확장한 사람을 떠올렸다. 결코 반가운 얼굴은 아니었다. 그렇게 능력 좋고 사업수완 좋은 사람이 왜 한 곳에 정착하지 못하고 여기저기를 떠도는 걸까.

다포딜이 이해할 수 없다는 듯 고개를 저으며 그가 건넨 작은 상자 두 개를 들고 방 안으로 들어갔다. 테이블 위에 상자를 올려둔 다포딜이 축소마법을 해제했다. 상자가 서서히 커졌다.

"어, 이런."

지나치게 커진 상자에 다포딜이 당황했다. 편지로 이것저것 보내달라고 했지만 이렇게 내용물이 많을 거라고 예상하지는 못했는데.

"보자, 무슨 책을 보냈으려나."

그녀가 상자를 살펴 북대륙의 표시가 찍힌 것을 먼저 풀었다. 열자마자 특유의 한기가 느껴졌다. 뭘 보냈길래 얼음마법까지 걸어서 보냈지, 그녀가 생각하며 물건을 하나둘 꺼냈다. 커다란 단지가 먼저 잡혔다. 그다음 자잘한 유리병들이 보였다.

"부탁한 페어리 더스트네. 그리고 잉크, 잉크, 잉크. 왜 잉크만 잔뜩 보냈지?"

어쨌든 불쌍한 윈 그러피드는 이번에 돈 많이 벌었겠군, 그녀가 생각하며 다른 것에도 손을 뻗었다. 순간 손에 차가운 것이 느껴졌다. 손에 잡히는 모양새로는 그것이 어떤 건지 짐작할 수 없었다. 다포딜이 그것을 꺼냈다.

"북대륙 명물 말린 대구?"

생선? 왜 생선? 생각하며 손으로 꽁꽁 쳤다. 마법으로 얼린 것은 마법으로 해제하지 않는 이상 녹지 않으니까 별로 걱정은 없지만 이걸 왜 보냈지? 잠시 잔뜩 온 생선들을 바라본 다포딜이 그것을 바닥에 던져버린 후 상자 안의 또 다른 상자를 들어 올렸다. 무게를 보니 책인 것이 분명했다. 책은 나중에 살펴야겠다고 생각하며 그녀가 다시 큰 상자에 손을 넣었다. 손에 다시 어떤 형태가 잡혔다. 그녀가 그것을 쑥 잡아 뽑듯 들어 올렸다.

"포박한 만드라고라."

다포딜의 얼굴에 다시 의문이 비쳤다. 데카르트가 새로운 무언가에 신기하듯 다가와 코로 건드렸다. 다포딜이 그의 얼굴을 밀어버렸다. 안 돼. 그녀의 말에 데카르트는 떼를 쓰는 아이처럼 만드라고라에 코를 갖다 댔다.

"건드리는 건 되지만 먹는 건 안 돼. 먹으면 죽는다고."

데카르트가 흠칫 놀라며 슬슬 몸을 뒤로 뺐다. 다포딜이 만드라고라를 포박한 줄을 풀었다. 불쌍한 표정을 짓고 있던 식물형 몬스터 만드라고라가 의아한 듯 다포딜을 바라보다가 짧은 다리를 이용해 뽈뽈뽈 어딘가로 도망쳤다. 그런 만드라고라의 움직임에 다시 데카르트가 도망쳤다.

"서로 친하게 지내. 오늘부터 넌 대런이야."

다포딜이 말하며 다시 상자에 손을 넣었다. 도대체 뭘 이렇게 보낸 거야. 꽤 큰 덩어리였다. 이게 뭐지? 둘러보던 다포딜의 눈에 그것에 적힌 글자가 보였다.

"북대륙 서쪽 바다 고래의 이빨?"

다포딜이 이상한 표정을 지었다. 그다음 나온 것도 가관이었다. 술에 보관한 뱀, 북대륙 마지막 산맥 출신 작은 여우의 백내장에 걸려 먼 눈동자, 북대륙 마지막 도시 아이네이아스의 호숫가에서 들고 온 돌. 돌은 왜? 다포딜이 침울한 표정을 지으며 잠시 상자를 내려다봤다. 나머지도 다 비슷할 것 같았다. 그녀가 상자를 뒤엎듯 내팽개쳤다.

"이게 뭐야! 하나도 귀엽지 않아!"

그 와중에 책 한 권이 도르르 굴러 떨어졌다.

『디드로의 몬스터 사랑』이라는 책이었다. 그 밑에 저자 디드로라는 부분이 보였다.

본인이 썼어. 정말 몬스터를 사랑했나 봐, 다포딜이 생각했지만 역시 귀엽지 않았다.

다포딜이 한숨을 내쉬며 옆에 있는 또 다른 상자를 바라봤다. 이것도 비슷하겠지. 그 아버지는 왜 이렇게 센스가 부족할까. 도무지 알 수가 없어. 어떻게 나랑 그렇게 취향이 다르지? 역시 취향은 환경 문제인가 봐, 그녀가 생각하며 상자 윗부분을 바라봤다. 동대륙 어디에서 보낸 건지 확인을 하던 다포딜이 눈을 동그랗게 떴다.

* * *

"어, 데샤드네."

전혀 의외의 배송이었다. 그가 왜 보냈지? 생각하다가 무언가 기억났다는 듯 손가락을 튕겼다.

"동대륙으로 돌아가면 대가를 지불하겠다고 했지."

잊고 있었다. 그러고 보니 그가 떠난 지 두 달이 넘었다. 그가 봄의 중순이 되기 전에 떠났고 지금은 여름의 막바지였으니 꽤 오랜 시간이 흐른 것이었다. 그녀가 상자의 포장을 풀었다. 전혀 그렇게 보이지 않았지만 의외로 꼼꼼하게 포장을 해두어서 여는 데 고생을 했다. 가장 먼저 보이는 책에 다포딜이 웃어 보였다. 헤이즈먼에게 구해달라고 한 적이 있었지만 항상 갈 때마다 잊어버려 보지 못했던 책이었다. 더불어 절판. 그나마 초판이 나왔던 동대륙에서는 계속 나온다는 말이 있었다.

"『우울의 해부』! 드디어 구했다!"

다포딜이 상자 속에 다시 손을 넣었다.

"그리고 여기 어딘가에 동대륙의 곤충과 화석 표본!"

다포딜이 양손으로 그것을 높이 들어 올렸다. 마치 신성한 무언가를 받은 것인 양. 항상 요구했지만 그녀와 아주 취향이 달랐던 헤이즈먼은 이런 것은 필요 없다면서 언제나 괴이쩍은 물품만 보냈다. 누구를 마녀로 알고 있느냐고, 가끔 남대륙을 찾는 헤이즈먼에게 그녀가 사과를 던지며 뭐라고 했지만 뛰어난, 그러나 위대하지는 않은 마법사인 그는 아무렇지도 않게 사과를 피하고 본인의 방에 가서 편안히 휴식을 취하곤 했다.

역시 나랑 안 맞아, 다포딜이 생각하며 다시 안쪽에 손을 넣었다. 그가 보낸 원석들도 꽤 있었다. 마노, 벽옥, 홍옥수. 그쪽에 이런 색 보석이 많이 나나? 생각하며 다른 것에 손을 뻗는데 꺼끌거리면서도 차가운 감촉이 느껴졌다. 다포딜이 상자에 머리를 들이밀었다.

"세상에, 규화목이잖아!"

동대륙은 과거에는 숲과 나무가 많았기 때문에 규화목이 꽤 있었지만 구하기 힘들었다. 동대륙에서 나온 규화목은 가격대가 꽤 비싼 편이어서 엄두도 내지 못했다.

"드디어 동대륙 규화목을 얻었어, 데카르트!"

다포딜이 기쁜 나머지 데카르트의 코를 붙잡고 춤을 췄다. 비록 코가 짧아 일어서서 돌거나 할 수 있는 것은 아니었지만 충분히 즐겁게 기쁨을 만끽했다.

"오늘 밤 이 나무가 살아 있던 당시의 동대륙의 존재들을 불러봐야지. 그리고 수다를 잔뜩 떨어야겠어. 목이 아프지 않게 주스도 준비해두고."

그녀가 말하며 그것을 들어 올렸다. 그때 나무화석에 붙어 있던 편지가 팔랑팔랑 떨어졌다.

다포딜이 가만히 떨어진 편지를 바라보다 환하게 웃었다. 데카르트가 코를 이용해 편지를 들어 올렸다.

다포딜이 규화목을 창가에 갖다 두고 편지를 받았다. 다포딜이 라탄 벤치에 앉았다. 데카르트가 그녀의 뒤를 뽈뽈 따랐다.

"읽어줄까?"

의자에 자리 잡고 다리를 올려 세운 그녀가 데카르트의 머리를 쓰다듬으며 물었다. 데카르트가 코를 그녀의 손목에 감았다.

6

다포딜이 웃으며 편지를 열었다. 정갈한 글씨가 눈에 들어왔다. 다포딜이 미소 지었다. 어울리지 않는 존댓말로 써진 편지의 내용은 그의 성격이 전혀 반영되지 않은 것 같으면서도, 또 그의 대부분의 것을 보여주는 듯했다.

"친애하는 다포딜, 그리고 데카르트에게."

유려한 필체였다. 데샤드의 남대륙어는 완벽하지 않아서 그가 원하고자 하는 말을 표현하지 못했지만, 동대륙어로 쓴 이 편지는 평소에 그가 어떤 단어를 사용하는지 낱낱이 드러내고 있었다. 작가구나, 그녀가 생각했다.

"이곳은 대지가 푸르게 변하고 나무들이 무성해졌으며 꽃들이 활짝 피었습니다. 사막 옆에 자리한 도시라도 여름은 피해 갈 수 없는 듯하군요. 어떤 것들은 이미 지나간 것도 있겠지. 남대륙에 있었던 날이 나에게 큰 축복이 되었다는 것을, 당신이 해석해준 꿈의 내용이 무엇인지 이곳에 와서야 확실하게 알 수 있었습니다."

다포딜이 차분한 목소리로 편지를 읽어 내려갔다. 데카르트가 코를 몇 번 뒤흔들었다.

"그래, 그 사람이야."

다포딜이 말하며 데카르트의 귀를 만지작거렸다. 멀리서 만드라고라가 빼꼼 고개를 내밀었다. 무슨 이야기를 하는지 궁금한 듯 조심스럽게 티 나지 않게 다가온 만드라고라, 대런이 조용히 그녀 뒤편에 자리 잡았다. 데카르트와 겹치지 않는 선에서 말이다.

길고 긴 편지를 읽어 내려간 다포딜이 마지막 문장을 앞두고 멈췄다. 데카르트와 대런이 그녀를 올려다봤다. 다포딜이 잠시 그것을 바라보다 미소 지었다.

"새로 책이 나왔습니다. 당신의 이야기로 구성되어 있는 것입니다. 부디 읽어주시기를."

마지막 문장을 읽은 다포딜이 편지를 내팽개치듯 테이블에 올려놓고 데샤드가 보낸 상자를 살폈다. 안에 들어 있는 수많은 물건들을 하나둘 빼내던 그녀가 드디어 마지막으로 원하던 것을 발견했다. 그녀가 짙은 풀색의 양장된 책을 들어 올렸다. 책은 심플하고 군더더기 없었다. 그 한가운데에 제목과 저자의 이름이 적혀 있었다.
"저자, 데샤드 트리누."
언젠가 그가 이름의 뜻을 물은 적이 있었다.
그녀는 수선화를 서대륙에서 그렇게 부른다고 했다. 다포딜은 수선화처럼 아름답게 자랐지만 수선화처럼 독특한 성격이 형성되었다고.

"이름을 잘못 지었어"

그녀의 아버지는 가끔 이야기했다.

"수선화의 성격이 어떤데?"

데샤드가 물었다.

"약간 우스꽝스럽기도 하고(Daffy)."

다포딜이 대답했다.

"또한 비범하기도(Dilly) 하다고 하더군요."

"정말 이름대로군."

데샤드는 말했다.

다포딜이 웃어 보였다.

"제목, 『다피 다운 딜리』."

『다피 다운 딜리』

인간에게는 만 가지의 한과 천 가지의 시름이 있다고 했다. 그러나 내 시름은 그렇게 거창하지 않았다. 그 가벼운 것이 내 삶을 좀먹고 있었다.

이곳에는 셰어캬아얀이라는 단어가 있다. 쉽게 말하면 진심은 통한다는 것이다. 누군가가 진심으로 도우려는 마음을 가지고 손길을 내민다면, 사람이 반응한다. 자신의 이야기를 늘어놓는 사람은 이야기를 들어주는 사람이 진심인지 아닌지 알 수 있다. 그 순간 문제가 발생한다. 진심으로 타인의 빗장을 열어 멋대로 깽판을 치는 행위가 탄생하는 것이다. 진심이 아니면 무시하면 그만이지만 진심이기에 문제가 생겼다. 사랑이라는 이름 아래 자행되는 폭력에는 화를 낼 수 없다. 하지만 고통을 느끼지 않는 것도 아니었다.

"사랑해서 그랬어.", "좋아해서 그랬어.", "널 위해 그랬어.", "내가 널 얼마나 생각하는데."

무지에서 오는 폭력을 뒤덮는 말이다. 하지만 진심은 통했다. 그래서 더욱 아팠다.

큰 배의 닻처럼 기울어진 초승달 아래로는 코끼리 떼가 잇달아 움직이고 있었다. 녹색 대지 위에 헐벗은 나무와 태양처럼 떠오르는 달, 청색 밤이 걸쳐져 있다.

그녀는 새하얀 우물에 검은 물고기와 우쿠콰샤를 풀어 넣었다. 우쿠콰샤가 풀어지면 그 누구도 잠을 잘 수 없었다.

매일매일 기온이 올라갔다. 나의 고향은 건조한 도시였지만 이곳보다는 덜했다. 그곳 역시 더웠지만 이곳만큼은 아니었다. 어느 날 밤 숨이 턱턱 막히고 차오르는 시간에 다포딜은 말했다.

"여름날의 시카다가 되고 싶다"

뜨거운 날 짧은 기간만 살아가는 시카다처럼, 이 시기의 덧없는 추억이 되어 사라지게 된다면. 그것만으로도 인생은 괜찮지 않을까.

나는 영혼을 빼앗겼다. 웃긴 일이었다. 우쿠콰샤들이 내 영혼을 갈취했다고 했을 때 어떠한 반응을 해야 하는지 알 수 없었다. 인간의 영혼은 그렇게 가벼운가? 나는 알 수 없다.

다포딜은 지식이 보편자에 대한 지식이라고 했다. 구체적인 사물을 안다고 말할 수 있는 한, 그것들은 우리가 보편자의 사례로서 알고 있는 것이라고 했다. 우리는 개별자들 가운데에서 보편자를 파악하지만, 보편자는 개별자에 내재하는 것이라서 개별자와 분리된 보편자, 혹은 형상의 세계라는 실재에 강력히 반발했다. 지식은 궁극적으로 각 사물의 형상들을 정신이 수용하는 데 달려 있다고 했다. 정신, 혹은 영혼.

그것을 '우모야'라고 부른다.

다포딜은 우모야에 대해 이렇게 말했다. 독립된 별개의 영적 실체가 아니라 육체에 귀속되는 일련의 기능일지도 모른다고. 그래서 없어도 되는 장기의 일부처럼, 사라져도 어느 정도는 괜찮다고. 하지만 없어도 되는 장기는 없듯이, 언젠가 큰 문제를 일으킨다고 말이다.

우쿠콰샤가 가지고 간 영혼이 어디에 있는지 알 수 없었다. 그녀는 우쿠콰샤의 세계에 도달했다고 했다. 우쿠콰샤의 세계는 샘 너머, 나무옹이 사이, 그 어딘가에 있었다. 내 영혼은 여행을 떠났다. 언제 돌아올지 알 수 없었다.

인식할 수 있는 것보다 인식할 수 없는 것이 더 많다. 인식할 수 있는 것만으로 대화를 하기에는 세상이 너무 컸다. 우쿠콰샤, 우모야, 세어카야

안, 카미시, 동쪽 거미.

세상은 너무나 크다.

열두 쌍 늑골 아래에는 감정을 느끼는 기관이 있는 것이 분명했다. 다포딜은 그것이 머리 안에서 일어나는 작용기전으로 특정 물질이 방출되는 것이라고 했다. 그러나 감정의 아픔은 늑골 아래에서 느껴졌다. 심장 옆에 조그마한 장기가 하나 더 있는 것이다. 그 장기가 사람들이 말하는 마음이 그것인지 모른다.

"돼지는 무지요, 수탉은 욕정이요, 뱀은 분노이다"

다포딜은 말했다.

이것은 비실체에 대한 인간의 건전한 지식을 훔치고 더 많은 것을 깨우치는 것을 방해한다. 그러나 그것은 세상의 이치요, 바퀴를 순환시키는 역할이라. 욕정, 분노, 무지. 세 개의 '구나'

미적 조화에 대한 감각을 잃어버린 것은 정말 인식론의 오류일까?

"내가 가진 미래 기억은 그때부터 역행을 하고 있는 거예요. 사람의 마음의 세계에는 시간의 방향성이 존재하지 않거든요. 물리 세계에서의 기억은 0세부터 시작해서 올라가지만 마음의 세계는 그러한 제약이 없어요."

미래 기억은 자기 확장성이라고 했다. 스스로 정하고, 시간이 흐르면 저절로 만나게 된다.

"나는 그래서 언제나 나이가 들었으면 했죠."

다포딜은 내가 이해할 수 없는 범주의 사람이었다.

다피 다운 딜리

초판 1쇄 발행 2023년 1월 27일

지은이 서지현

발행인 고영토
기획 김혜랑
발행처 ㈜콘텐츠랩블루
출판신고 2019년 1월 10일 제 2019-000006호

펴낸곳 ㈜타인의취향
기획실장 최지연
책임편집 이지은
마케팅 이유리, 김현지, 안이슬
디자인 수오
표지일러스트 파트오엘(@part.o.l)
주소 서울시 마포구 큰우물로 75 성지빌딩 1406호
전화 02-6949-6014 **팩스** 02-6919-9058

ⓒ 서지현, 2023

ISBN 979-11-6968-086-8 03810

이 책은 ㈜콘텐츠랩블루와 ㈜타인의취향의 계약에 의해 출판된 것이므로 무단 전재 및 유포, 공유를 금지합니다.

- CLB BOOKS는 ㈜콘텐츠랩블루의 출판 브랜드입니다.
- 책값은 뒤표지에 있습니다.
- 잘못된 책은 구입하신 곳에서 바꾸어 드립니다.